作者于慕田峪长城（2016年10月20日）

野吟

老虫子 著

国家图书馆出版社

图书在版编目（CIP）数据

野吟 / 老虫子著 . -- 北京：国家图书馆出版社，2018.3
ISBN 978-7-5013-6342-1

Ⅰ . ①野… Ⅱ . ①老… Ⅲ . ①诗集－中国－当代
Ⅳ . ① I227

中国版本图书馆 CIP 数据核字（2018）第 018440 号

书　　名　野吟
著　　者　老虫子　著
责任编辑　靳志雄

出　　版　国家图书馆出版社（100034 北京市西城区文津街 7 号）
　　　　　（原书目文献出版社 北京图书馆出版社）
发　　行　010-66114536　66126153　66151313　66175620
　　　　　66121706（传真）　66126156（门市部）
E-mail　nlcpress@nlc.cn（邮购）
Website　www.nlcpress.com →投稿中心
经　　销　新华书店
印　　装　河北三河弘翰印务有限公司
版　　次　2018 年 3 月第 1 版　2018 年 3 月第 1 次印刷

开　　本　880×1230（毫米）　1/32
印　　张　8.75
字　　数　35 千字

书　　号　ISBN 978-7-5013-6342-1
定　　价　28.00 元

自　序

　　那么多年过去了，却在年逾花甲之后，突然有了出版一本诗集的冲动。数十载工农商学兵的人生历练，我的角色再三转换，唯一不可转换的是诗者的本原初心，以及对诗的钟情与敬仰。

　　这是我的第一本诗集，取名为《野吟》。只因我的漫长旅途充满了野趣野味，我的心胸经久弥漫着勃勃野性。这一首首诗作，是我对故土乡情的吟唱，是我对山川大地的咏叹，是我对生命灵魂的感悟，是我对五彩浪花的采撷。但愿不是浮光掠影，也不是拾人牙慧，能将心底的那份欢愉和疼痛一一呈现出来，献给自己，献给读者。

　　我多次拷问自己，作为一个独立诗者，是否还有必要坚守自己的理念，是否有故作清孤之嫌，是否哪天也会惊惧，懊悔自己的执意。我十分庆幸，从未去攀附过名利场中的砂岩，没有钻营甚至陷入吹喇叭抬轿子的游戏。

　　谨以此本诗集，慰藉我因病早逝的母亲，慰藉我年过九旬的父亲，慰藉家乡的父老乡亲和兄弟姐妹。感谢一直支持我的家人，感谢多年来激励我的诗友，更要感谢鼎力相助的国图出版社和付出辛劳的靳志雄编辑。

我将继续面向神圣的诗歌王国，一路砥砺前行，咀嚼世间百味，录下人生经验。

老虫子

2017 年 10 月 16 日

目　录

第二辑
故土吟

第三辑

异域咏

第四辑

随心叹

第一辑 山水谣

一朵浪花沧桑了流年
一叶孤帆独排了乡恋

阿那亚，最孤独的图书馆

幽蓝静谧的渤海湾

有个叫阿那亚的神交地方

那里有座独立倔强的建筑

号称全世界最孤独的图书馆

为寻访这片盎然的绿地

为抚慰心灵屡次的创伤

拉长了满载的旅程

朝着孤零矗立的方向

与大海为伴的单薄身躯

和波涛相映的透视天窗

在海天的朝晖晚霞中熠熠闪亮

最孤独也是最骄傲的图书馆

总为孤独的人盛情开放

埋头简洁素雅的阅读空间

孤苦的痛楚瞬间消弭

孤凉的悲哀坠入斜阳

我沉醉在海风与图书融生的暗香里

如果海子们还在挣扎

定会来这凝炼孤独的力量
最孤独也是最富有的图书馆
你是读书人独立思考的心
深深地锚在伸展的黄金海岸上

翡翠岛

真心感激那位没留下姓名的渔夫
为你缔造了这美丽动听的名字
你三面向海，七里环绕
你连绵起伏，陡缓交错
刺槐林绿得葱茏流畅
滦河水回眸泪别北麓
欢跃的海风撩起一帘天幕
潮起潮落你紧拉着大陆的手
枚枚潜归岸边的贝壳
可是你与大海凝固的故事
我吹响一尊玲珑的海螺
仿佛你和大海吻声的反复
在你碧绿金黄的肩头
眺望绽放在海空的风帆
聆听你同波涛的和声
寻找哪朵浪花是我
是大海簇拥着你的生命
你又滋润了我的魂魄

一

赶　海

赶早海的人

叫醒了沉眠的海

唤出了海中的红日

赶早海的人

趣拾着海的馈赠

欢舞着精灵的海

赶早海的人

心中都有一片年轻的海

一

海　滩

一个人的海滩
我将朝阳请出海面
与晨潮静心互语
反复　倾诉　相解
直到金色的光芒渐渐刺眼

一朵浪花沧桑了流年

一个人的海滩
就是我真实的世界
沙岸的秋花为我募捐
眠船　飞鸥　风絮
直到我的羽翼拍醒云天

一叶孤帆独排了乡恋

一

大海上

云水，海天

拥吻得如此缠绵

海兴许真累了

大口大口地吐着白涎

鸥燕引领在拂晓的

霞光和涛声之前

为生日巡航

我的海

我们的海

——风浪中晶蓝的祈愿

船弦边

合上眼

请轻轻地关闭视野

让目光与大海

此时此刻

做一次短暂的礼别

鼓起耳膜

用心去振颤

聚精凝神

听一听大海

涌自肺腑的赞歌和诗篇

一

落　日

环眺弧圆的天际线
唯有那轮金灿灿的笑颜
在浪尖上舞蹈
在风翅里涂抹
在畅思中眷念

一

在海边

望穿　垂落的天
呼唤　沉睡的海
催促　平静的浪

高尔基放飞的那只海燕
而今又振翅何方
雷电隐约滚来
风暴正在酝酿

海明威搏击的那片大海
仍澎湃着桑提亚哥的顽强
一声决绝的枪响
惊悚了多少人的彷徨

波塞冬挥舞着三叉戟
已主宰不了自由的向往
一叶纵贯的风帆
永远在惊涛的前方

相视　跃升的天
对歌　苏醒的海
激越　汹涌的浪

一

漠　行

在大漠漂流了数日

陡然萌生一丝退意

早些天冲锋般的吼叫

已渐渐嘶哑无力

偶遇一位孤行的达人

纵横大漠一年有余

脸庞淬砺成了蒙古汉的脸庞

语气浸透了大漠的秉性

他说，他是一丛会飞的红柳

他唱，他是一颗不归的沙粒

他翻上一峰沙山又滑下一座荒丘

他压垮一舟骆驼又累傻一匹铁骑

和他握手，指指刚硬

邀我把盏，杯杯醪溢

缄默地望着他归隐大漠的孤影

我黝黑的额头可有漠行的印迹

一

旅　途

风

沙漠

驼铃脆

一树孤绿

眷恋的跋涉

无垠荒幕

鸿雁归

旅人

行

清晨，那缕阳光

晨鸟衔来一缕阳光

悄悄地搁在小木屋的窗上

那是一份温馨的叫早

披上旅衣，敞亮门窗

青黛的阳光滤过林隙

在乳白的晨雾里飘荡

淡粉的阳光爱抚花毯

酿造送上最纯的芳香

高山草甸的阳光雨露

让每一根毛孔尽情开放

我，亲吻着窗上那缕不愿走的阳光

太阳湖

法兰绒天空云絮绵延

塞罕坝草原敞开胸膛

一颗璀璨的蓝宝石镶嵌于此

那是太阳清晨沐浴的地方

瑜伽式的白桦林

依湖恬静地呼吸

太极般的鹤鹭

临水优雅地梳妆

微风梦摇潋滟金光

蓝蜻蜓在鹅黄的金莲花上轻翔闲逛

在太阳清晨沐浴的地方

有着旖旎的风光

自然神奇地天孕

造化人间的天堂

哦，太阳湖你每天揉托出崭新的容颜

每天都会热拥你姿情的新娘

一

我在草原上等着你

遗失的邀请回头拾起
如果撕碎了就不必旧地寻觅
来吧，我已在草原深处
风拂绿野目笼青岭
我在草原上热切地等着你

等着你，在骏马驰骋的时刻
等着你，在寥廓的花海之地
等着你哟，在五色的云彩间
我是鹰，为你飞向浩瀚的天宇
我在草原上深情地等着你

那达慕竞技场召唤着你
敖包里马奶子酒惦记着你
比爱情更美的爱属过命兄弟
每每迎着朝晖夕阳
我在草原上久久地等着你

在跨季的风景里

挑上了不下雨的日子

没有曝晒不刮旋风

把车开得轻盈麻溜

季节正悄悄地变脸

鸟儿知晓

云彩也很乖巧

百里画廊

在车窗里一帧帧地闪耀

青黄的主色调里

期待些深味的静远

心奔驰郊外

轮掠过垭口

最是那山腰的点点嫩红

解开衣扣

驻足放目

卸载心灵的存货

在空旷的山野中

在跨季的风景里

我攒足了狂叫的劲

哦呼……哦呼……哦呼……

一

喊　山

层峦

动没动感

如此惦记中

凌空的呼号

裹紧丝丝快意

已轰响深林野壑

天那边

还无应答

是不是

没认可这拥抱的方式

山这头

仍一往情深

一声比一声亲热

喊山的朋友哟

能否清静一会

听听我

野兽般的招呼

顽石样的问候

一

行走日记（组诗四首）

壶口瀑布

惊叹你的汹涌

记挂那涓涓细流

震撼你的轰鸣

感恩那两湖母乳

百转千回

一腔夙愿

认定方位

不变执念

就为了这牵魂动魄的倾吐

天地一紧束

日月还抖擞

亘古壮美的腾跃

无人唱尽

万年冰洞

三百万年的秘密

那一刻为谁披露

二百米的冰火相安

何神的巧设或疏忽

冰柱冰帘冰瀑冰佛

冰花冰床冰钟冰人

汇聚于这传奇山洞

你将世界的悬念冰封

你把万世的目光冻住

你默默地幻化着

仿佛岁月之外

却能入我诗中

悬空寺叹

好一个悬啊

悬于绝崖峭壁之上

悬我于玄妙之中

好一个空啊

空在悠悠岁月之间

空我于佛门之空

乘诗仙的醉赞

感游侠的惊书

不仅叹问

何人何由何为

将奇险巧俏

融入北岳巍峨

把危深绝美

遗给千古飞梦

大同土林

置身远古的梦境

睁眼就是数十万年

自然之神

浮想联翩

也就是稍许雅兴

就挥洒出

第四系的惊奇演变

任凭那风吹雨蚀

剥落了多少苦恋

无论那绵延土层

再现出千番重迭

如锥似剑

矗立指天

威严冷峭

遐思无限

一

山垭口

那个旅人

在梦想的山垭口

孤介地行走

粗糙的双手

戳进天空

生命的阳光　流云　风霜

全在脚尖上劲歌热舞

像鹰一样

肩膀承载着群山的沉默

心仪的山花

只等他来潜心地交流

不需要任何理由

包括一切雅俗与荣辱

唯愿告诫并验证

有一颗凡心

赤诚又真率地律动

路——

伸向更远的山垭口

一

山　语

末秋的最后一滴血
渗透山谷
放飞的，千万只彩蝶
引燃所有的瞳孔

换季风
穿梭着，寻找突破口
继而为人寰
竖起座标，指点迷津

天地间
消逝的和展露的
都在倾诉

空 巢

暗哑的枝头

灰喜鹊已彻底放手

只留下一团黑影

馈赠于我

一

走在山间的荒径上

把风轻轻地绕在指尖
甩出一串清脆的声响
恬淡的晨光
缭绕的薄暮
将夏日的窗帘拉开合拢
山洼里的村落悠闲素朴
风也那么谦和清凉
吠声相得蝉鸣
林溪宁静地张望
我，走在山间的荒径上

将雨甜甜地捧在掌心
映照一湾月色荷塘
曼舞的草尖
窈窕的禾苗
听一曲野地里的天籁吟唱
山旮中的小寨古风遗韵
乡语里透着质朴的芬芳

斑驳的石墙细说光阴

错落的柴院弥漫酒香

我，走在哼着山歌的青石板上

夏日散行

晨霭溶解了一切

村舍、田塍、船弦、枝桠……

只有雨燕振翅衔着旋律

蓬勃地向玫瑰色的心源奔鸣

引弓的绿杨不畏淫雨，一次次昂首

扫视着季风必经的路口

钢琴声中的千日红和飞燕草

铺洒了一地斑斓的热情

熟悉的蛩音敲响了空谷

又在山水间的飓风中穿行

墨青的汀洲谈笑着云烟

就像太湖适时抛飞的衣袂

涩涩的心事重叠了过往

情愿沸扬漫无边际的波涛

那条蛊惑人心的七桅帆船

此时，又浪荡在何方何人的臆语

水边短吟（组诗三首）

红沙湾

这春，这风，驾驭着浪花

翠绿，从坡头泻下，茵茵萌艳

抛竿画出垂钓者的雅姿

沏一壶自摘的碧螺春

看桅杆上的落日

红沙湾，太湖的好望角

任满湖春水追逐嬉闹

这夜，这晨，一直在水声中寻找

古运河

千年的拱桥，千年的港湾，千年的寺庙

千年的人家，千年的商铺，千年的味道

穿行在幽深厚重的古韵中

每每都碰撞着遗存的温情

做上一场夏日大汗淋漓的热梦

就像沿线火烧火燎的红灯笼

点燃一河蜿蜒曲折的故事
映照两岸绝版江南的风貌

天下第二泉

那年仲秋，茶圣赏你一个美誉
竟引来无数慕名的足迹
从"月贡百坛"到"源头活水"
从"螭吻飞泉"到"康乾六巡"
还是阿炳最懂得甘美醇厚
用一曲《二泉映月》征服宇宙
如悲如怨如泣如诉，弓弦飞扬
今日，我愣在脉断源涸的泉旁，猜尴尬的谜

西塘意趣（组诗三首）

对　话

天韵
幻化着阳秀泾的秋季

一对老伴晃荡着摇椅
老头对老太平静地说
过去，一切都是浓浓的
现在，一切都是淡淡的

一对情侣腻在烟雨长廊
女孩对男孩撒娇地说
当时，你我全是淡淡的
如今，我你都是浓浓的

桥畔
原居民扇飞阳光悠闲地听着

小 巷

巷口
醉卧弯曲的甬道
巷尾
舔着泾水的呢喃
在宁静的晨曦
在喧腾的夜晚
不眠小巷
把湿润的故事
讲得饱满古远

巷前
洒下五色的乡音
巷后
摇曳斑斓的思念
弹奏清脆的石板
唱忆千年的江南
柔情小巷
缠你梦幻的交错
绕你销魂的弥漫

邂　逅

自然地走来

自然地离去

自然的印象

自然的忘怀

这自然清幽的泾水

依依地流淌

笑容碰欢笑容

感受撞乐感受

心境如波中的目光

随缘深浅情可自融

回眸不丢那一抹风景

转身又是场纵横邂逅

湖畔调趣（组诗三首）

沙 雕

渔父岛上

哪还有渔民

因此，听不到船歌

更不见帆影

倒是有人小脑筋一动

将大海厌弃的沙粒

捣腾过来，编造机遇

推压拍打，抠挖抹补

一具具貌似英雄的沙雕傀儡

神气活现，登场献媚

溜达一圈，幸好

我不在其列

我那些亲朋好友

也没抛头露面

百米高喷

水中沤着一通傲慢

10 次，10 次都这般死样

窝在那里，僵在那里

像一摊搁浅已久，开始腐烂的鲸鱼

能让它喷一回吗？

我向一位

身着制服的人求情

你看，带着大老远来的客人

赏个脸吧，给个 20 米，10 米，5 米都行

让他们不枉此行

回去也好接着吹牛

那人没有反应

百米高喷也没有动静

我转身一脸尴尬

忍不住，仰天长嘘

好像嘘过了百米

湖鲜·船菜

林子里一钻

湖边上一锚

路口再竖块招牌

揽些腥风腥雨

就保准钩住过客的味蕾

噢，湖鲜

哦，船菜

农家的时髦喜剧

案头乒乒乓乓一阵乱响

灶间嗤嗤啦啦一番嘶叫

油腻黏糊的老板娘

端着一张阴阳各半的神脸

对准每一道盘碟

来啰，来啰

呼啸尖脆

藏地拾遗（组诗三首）

在梦里

我久久地仰望着你
更期待你俯视的那一刻
你的峻峭
你的风雪
你的无垠苍穹
你的吼啸律动
把我的命脉融入你

我深深地思忖着你
敬畏这万年庄严的集聚
你的林海
你的圣湖
你的神圣召唤
你的绚烂昭示
变幻着永恒的梦景

我纵情地丈量着你

时时感悟你的胸襟

你的冰川

你的台原

你的狂野与剽悍

你的金雕和底蕴

云蒸霞蔚

那是你燃烧的思念

金光银辉

那是你绽放的笑意

我呼唤着一个个威武的名字

就像一粒尘埃持久的仰息

你是天堂中的天堂

万古仙境，凌云神奇

尼洋河

你以最美的姿态淌来

淌过最美的地方

淌过最美的时节

那美

用最纯洁的方式

从天从山从风从雨

从片从面从立从卧

从柔柔的晨暮水波中

将我的心灵浸染

我忘情地抚舞着你的氤氲

醉心于青稞的摇曳吟唱

我披上牦牛蹀出的彩霞

聆听牧人轻细的吆喝

我仰卧在你鲜嫩的岸畔

长吻着藏女甜甜的春歌

降央喇嘛

走出苍郁的寺院

仍一袭褚红的僧服

披挂的佛珠

幽浮的藏香

点缀着无丝毫矫饰的自然

你走出深山峡谷

你跨过大江大河

藏语和汉语交织着

佛旨与俗念平行着

口中经文缠绕

尘间处处超度

释怀众生的悔悟

真想与你同结一个善缘

做永恒的游伴

在悠悠佛国

在茫茫三界

恭诵六字真言

共度那千百般坎坷

走出灵秀的江南

走进粗犷的藏地

你时时祈祷

我每每祝福

为一种合愿

扎西德勒

一

水光山色的轻尝浅酌

我的竹筏漂游在河流的最后

不理睬前方突然传来爆燃的惊喜

不在乎两岸的艳羡已被抢先收割

心境随着倒映的靓影默默洇开

在驴友欣悦的疏遗中拾掇余彩

正如这湿润的风啊，一遍遍地抚摸

我得知平静的山后，有沉甸甸的硕果

从聒噪的世界里挣脱出来的恬淡

飞上了云霞，染透了林莽，笼罩了春色

筏头的我，一掌一掌地拨弄起清冽的波花

筏尾的艄公，一篙一篙地撑出了阳光的辣舞

一只水鸟泛情追逐我的闲雅

我和艄公会心地对它挤眉溜眼

它声声脆亮盘旋起伏的鸣叫

跌落进景中之景，丰满着情里含情

啊！这怎不迷醉我心神的轻尝浅酌

就在这边

兀立皑皑雪山之巅

穿梭苍茫忘我之间

就这样，肆意地纵情撒野

远天走近，云偎心田

近峰驰远，山外有天

行囊兜满的一切攫取

都可以试请上帝一一奉还

不必介意

有多少副铁青面孔

和多少声厉声责难

唯独与那颗甘愿在荒漠空间

无邻无伴的最孤独的恒星

相守相望，默言无怨

尾随的翼影，已不再震撼

消逝的云烟，也失去魔幻

何为还沉醉地念叨已念叨过的一切

摘除面具，坦露心迹

摒弃谬赞，驱逐浮念

以一次灵魂近乎崩溃的洗练
用一回崇拜已似疯狂的应验
在这边，就在这边
攀千仞绝崖，临万丈深渊
将一页黄历随风捻弹

一

湖畔行

昆明湖不在昆明
在玉峰塔前
在万寿山旁
今天却在我的手边
十七孔桥藏着十七个镜头
摄下游人如织，五光十色
长廊中千里挑一的那幅美图
已随小舟在涟漪里洇润

南湖岛不在嘉兴
在昆明湖中央
在一朵云的翅膀里面
我欲请烟雨楼北来作客
捎上江南春的妩媚
与南湖岛对吟
让那些水相恋，情共惜的往事
千里一线，同筑一个心愿

美太湖在千山之外

秀西湖也远在天边

但此刻都能看见她们的靓丽

玉带桥的花增艳了长春桥的景

苏堤的风吹绿了西堤的径

品春花，品夏荷，品秋柳，品冬枝

品湖光，品山色，品塔影，品桥韵

怎能品尽人世间的风风雨雨

郊野安步

四季的苍绿晃悠着

缓和了几分的风

雪松领舞

升沉地嘤嘤交欢着

静谧了层叠的林

爱意正浓

从峰岭径直跃下

一束束闪灼的光

浏览了俊秀

是草木的深究还是石泉的相拥

让土地微微震颤

已热情溢涌

谁先听醉了西山旷远清悠的钟声

谁已见证了昆明湖欣然开春的彩排

云霞中群群队队的候鸟刷新了返家的念想

我仿佛折回了祖辈拽耙扶犁的播种

一

枯 溪

无意撩痛

你的几分哀伤和呷摸

不愿看见

落叶林纷乱的泪花

黄昌蒲倒伏的那幕

我独自绕过一抔黄土

向你靠拢

也在晚秋的风中思过

不再回溯你的源头

只在乎你曾经的快乐

其实那次滂沱夜后

你已开始孱弱

夸张的笑

怪异的跳

不过是雾霾式的搪塞和掩饰

请允许我蹦上

一块块裸露的卵石
用你的心语
硌疼我多余的野性
这恩那怨
都将融入红叶的旅途

落叶的葬礼

金风切换出一曲欢乐颂
这个清晨，浑厚、激越、凝重
旋律中一场葬礼正在进行
金戈铁马，天堂丧钟
从远古走来，又走向远古

此刻，我不能辩驳突异的感触
一个黑洞般的土坑张开巨口
一批批硝烟透肤，血痂裹身的将士
笑如灿阳，汹涌似海，纵情跃入

不，这不是被坑杀的赵国40万降兵
更不是遭屠戮的满炭7万矿工
这支无数落叶重新集结的队伍
浩浩荡荡，扑向生命的归程义无返顾

战旗、刀剑、枪炮，留给日后春秋
也不再传授，哀伤、绝望、痛楚

即使功过成败不成为祭奠的理由
也不会遗憾，不为复仇，魂归故土

我看清了一层一层掩土幻现的色泽
此时，震天动地的欢乐颂
正从大地的心口隆隆碾过

一

晚　风

我迎着你，迎着你灵动的走向
迎着整座西山慢慢地宁静
你一声一声地吹着仲春的音节
表达自己温存的感知，更为了
旋动一大片与我一样酣醉的心

此时，落霞还在挥洒着激情
是因为，你撩开了大地的渴望
你告诉漫山的野花继续摇曳
你叮嘱舒展的树林加紧梳理
你拨响溪流的琴弦，向天外飘去

你催促我，再脱掉一层旅衣
去兜住知春鸟领唱的鸣啼
你在山谷中奔跑穿行
将载歌载舞的信息悉数传递

我跟随着你，满怀野趣

张望天空，还是你编导的云霓
我坐落在你打理的枝叶上
就等着与你一起，在春之盛宴之前
呼唤一场纷扬飘洒的山雨

我走进你，走进你的心神
阅览了一程程斑斓的春意
夜幕即至，我们将迈步另一程意境
注定今夜无法安寝，只缘
此山的一草一木知情重义
山下的纵横阡陌惦记着你

一

等 雪

比凝重的天空

还要凝重的等待

一直在风口眺望徘徊

"小雪"的脸庞嫣然绽放

等到了大雪浑朴的洁白

飞雪中飞飘着喜鹊的惊喜

更有那与春一样动情的

含雪的红黄月季

也曾憋屈的那只狗儿

又奔进了梦境

在依恋的色彩里与雪嬉戏

雪檐边赏景的雀儿

雪树下整装的座驾

雪叶中摇铃的红果

都被这自由柔美

凌空翩翩的飞天

舞动得痴迷

我还在雪幕里依旧等待

等待银尘中

一次不期而遇

一场更浪漫的风情

一

夏　逝

在山中
在无声的雨幕
秋叶飘向绚烂的时候
一群小雀穿过丛林
透爽的滋味嵌入幽谷

山野倦眼惺忪
涧水轻吟浅歌
日卧巉岩
风蹬深壑
悠然地听候时轮的转动

大地的嘴唇饱含韵致
天空的瞳孔闪射光泽
竹节必露
山菊盈坡
一汪湛蓝从眉发间漫过

一

在旅途

我明白

在旅途

情感就不该蛰伏

尤其对

拉风的往事

撩拨的诱惑

可我按捺不住

梦中再去探望了一眼

山坳的炊烟落霞

坡头的果园老牛

心里又去享受了一次

农归饭前的满村吆喝

原色本香的竹椅板桌

还有那

缓叙细说的一宿炕头

陡生的情份

是否还溪水长流

略涩的笑靥

是否还依次恍惚

踏过的石阶

是否还清脆回荡

褶皱的老屋

是否还直腰挺胸

我走着

还有很久很久的跋涉

但已铭记

有那么阳光深射的一处

让旅人

不再寂寥

忘却孤苦

第二辑 故土吟

向黄河以北

那片高原是血脉殿堂

一

青藏高原（组诗十一首）

印象塔尔寺

湟中、鲁沙尔、莲花山坳

贡本贤巴林——塔尔寺

这是宗喀巴祖师爷的诞生之地

一座座凛然自尊的白塔

一栋栋雄伟壮丽的殿宇

一幕幕琳琅满目的珍品

壁画、堆绣、酥油花是艺术三绝

显宗、密宗、时轮、医明为佛门四院

懵懵懂懂地看着

懵懵懂懂地听着

懵懵懂懂地思着

那排排五体投地磕长头的信徒

把我也磕进了佛国的异彩纷呈

直到我走出徨源峡口

登上日月山的日亭和月亭

放眼蓝天白云下的察汗草原

才丁点体会出一望无垠的虔诚

夜宿青海湖

傍晚的江西沟，云层厚重

银黑色的湖面与铅灰色的天际间

已无法寻觅鹤、雁、鸥

草甸夹杂着斑点的油菜花

在咸味的湖风中微微舞动

坐上岸畔一块高大坚硬的石崖

灵魂突然空旷、柔软、呻吟、挣扎

今晚，要沉入青海湖的睡梦

风情的帐蓬开在欢欣的草滩

最美味还是降央喇嘛搓揉出的糌粑

驴友中有人探听着湖鲜的故事

更有兴致的扑进了夜湖中畅游

挡不住一瓶又一瓶青稞酒的诱惑

任凭这阵阵躁动的烟雾与唠嗑

在一溜长炕上的睡袋里

明晨，壮美的日出朦朦胧胧

多情的驴友

橡皮山巅，远眺着茶卡盐湖

一头又扎向柴达木盆地的边缘行走

青藏之路上响彻我们的《天路》

左边，是汗尔汗布达山的热情

右边，是千里荒原广漠的冷酷

前方，时不时有微型龙卷风作秀

一切都在大自然的怀抱中伴歌伴舞

狂奔，狂奔，一个劲地狂奔

掠过都兰，掠过香日德，掠过巴隆路口

突然，电波里传出一声尖叫

7号车上少了一名队友

救援车回奔半小时前的"方便"之处

后才知，那个想入非非的多情驴友

被温柔水乡揉碎揉弃的爱意

又在这钢浇铁铸的高原上

那家闪烁着藏女的小店里萌动

过唐古拉山垭口

凌晨，挺进黑幽幽的格尔木河谷

车灯将西大滩的夜幕挑破

攀爬4767米的昆仑山垭口

玉珠峰和玉虚峰还在睡梦之中

索南达杰屹立在莽莽的昆仑山顶

身边是环绕的五彩经幡

身后是绵延不绝的座座雪峰

可可西里，你不再遥远，仍很神秘

原生态中的生灵宣示着自由、快乐和尊严

飞过五道梁，跨过沱沱河

逆河而上，翻山越岭，一路曲行

终于立在了"高原上的山"和"风雪的仓库"

唐古拉山垭口，海拔 5321 米的高度

向北茫茫青海，向南巍巍西藏

我真正来到了天域潇洒剽悍的门口

前方，就是格萨尔王驰骋的羌塘草原

为此，我为野性野胆的英雄

借稀薄的氧气，点燃一支香烟，狠狠地抽上几口

难忘的小伙

那个在察尔汗盐湖里开着铲车

憨笑盈盈，为我们指引"万丈盐桥"的小伙

像青藏公路和敦格公路上高耸的路牌

那个可可西里索南达杰保护站的藏族小伙

与一只硕大健壮的藏獒，迎接我们这群不速之客

在生命的禁区，他床边绽放着美丽的格桑花朵

那个五道梁山坳风口还想发狂的兵哥哥

拉着我的手，拍着我的肩，搂着我的腰

口中，蹦出雷电般的豪迈气魄

那个唐古拉兵站小憩的司机兄弟

送来一杯热茶，递上一只鼓囊囊的氧气包

军旗下，我以一个老兵的军礼作为回复

那个单人单骑，整整 29 天

在唐古拉山垭口笑傲江湖的天津小伙

我们彼此间心灵交流，真诚问候

青藏高原，一路挑战，一路热乎

至今，还在我的炫耀中盘旋震动

古道与两湖

盛夏季节，高原红已飞上兄弟们的脸庞

冷峻与威严的唐蕃古道

在群山与天际绵延不断之间

在层层团团的云朵和阵阵突袭的冷雨寒风之间

在松赞干布与文成公主的爱情故事之间

一座座山垭口的经幡和嘛呢石还在讲述着什么

鄂陵与扎陵两湖还记不记得柏海行宫的洞房花烛夜

一只蓝色的眼睛，一只白色的眼睛

格拉丹东雪山的黄河源水，为你们梳妆打扮

苍穹无垠，水色连天，碧波褶褶

地域辽阔，牧草丰美，牛羊点点

翱翔的雄鹰，机敏的藏羚羊，逃遁的旱獭

仰视着耸立于措日尕则山顶的牛头碑

今夜，我们在湖畔安营扎寨

走进玉树

逶迤的巴颜喀拉山势

也被我的"驴史"笑纳入怀

穿越着一路美艳的歇武大草原

数不清的大小寺庙浓墨重彩

有的在峡谷河流边伫立

有的在峰峦起伏间布阵

村寨在广阔的高山草甸上风光独揽

牛羊时时与身披袈裟的喇嘛摩肩接踵

祈祷着三江源区"中华水塔"的自然康泰

结古镇，世界第一的新寨嘛呢石城

自嘉那活佛的第一块自显嘛呢石块

经过几百年万众僧民坚韧地凿刻和堆积

已有几十亿块嘛呢石虔诚地相聚相拥

岁月流逝，流逝岁月，一拨拨，一茬茬

顶礼膜拜，扎经送石，神秘魅力不尽无穷

跟随身着氆氇长袍的藏民潜思来去

搭一丝信仰，登上了千年的巴塘天葬台

去纳木措

飞过了小唐古拉山垭口

飞过了申格里贡山垭口

又飞过念青唐古拉山垭口

告别藏北那曲，奔入藏中当雄

当我们再轻松地跃过那根山垭口

一个神秘美丽的身影

在天边的不远处呼唤招手

纳木措，天湖，神圣之湖

在立腰挺肩的群山怀抱之中

那蓝水晶般的湖面荡起涟漪

牧场一片浅绿，山体间杂黑红

牛羊成群，恬静而从容

牧马急驰，热情又祥和

湖边漫步，聆听俏声细语的嘱咐

登顶扎西半岛，眺望充满力量的念青唐古拉主峰

雪山圣湖美不胜收，鬼斧神工造就了

这心扉尽敞，艳丽生风的纳木措

佛地·拉萨

布达拉宫俯瞰着整个圣地的清晨

彩云在大昭寺广场高耸的玛尼杆端飘动

日光古城弥漫着浓烈的佛地氛围

在那些久远的历史传承里

在那些深厚的文化沉淀中

在那些壮观的古建筑群内

寺院前，随处可见磕着长头的善男信女

寺院里，经年不息长久转动的金色经筒

一朵朵酥油灯花点亮了佛意

一声声经文诵颂冥思凝重

文成公主携捧的 12 岁佛主等身塑像

让这里成为藏区的中心，熙熙攘攘，人头攒动

火辣辣的阳光下是一群群火辣辣的人流

怀揣着不同的期待与信仰

交流着各异的语言和目光

感触并分辨着千百年来的神圣与执着

巧遇旺火节

雅鲁藏布江的粗犷告诉了我如何撒野

岗巴拉山垭口的劲风送我飞进羊卓雍措的仙境

蓝天白云下，沿着湖岸，顺着湖风

在诗画之梦中掬上几瓶清冽冽的圣水

洗去旅倦，涤荡内心的贪、嗔、痴、怠、嫉

穿行雪山和草地簇拥着的一个个村寨

一支威风凛凛的马队和经幡招摇的队列

从群山坳中飘出，从青稞地里划来

向着盛装的藏胞挥手致意

对着远方来客笑脸相迎

一声声"扎西德勒"温暖天上人间

最感激那些手中挥着彩棒的藏女

对撞的惊笑中，在我们的身边绕了一圈，又绕了一圈

那夜的篝火，那夜的锅庄，那夜的青稞酒

点点滴滴，绵延不绝，兴旺至今

致敬，珠穆朗玛

盘山而上，盘山而下，旷野风啸，荒无人烟

碎石坑洼，车跳语颠，九曲天路，尘土飞扬

越过原生态的龙江子村，仰尽一碗碗藏酒

驻足明媚阳光下的拉摸拉山头

珠穆朗玛、卓奥友、洛子、马卡鲁一座座世界顶级群峰

在一阵阵云雾缭绕中时隐时现，偶露峥嵘

雄姿勃发，擎天撑地，热血涌动，激情澎湃

向世界最高海拔 5154 米的绒布寺敬上一炷藏香

向世界最高海拔 5400 米的登山大本营献上一面队旗

向世界最高海拔 8848 米的珠穆朗玛峰致去一个笑容

让勇猛的座驾在云天之外，冰雪之域

鸣起久仰的心声，喊出铁血的力量

我来啦，天堂之地，喜马拉雅

我们来啦，地球之巅，放眼山河

一

驴行川西北（组诗四首）

高原赛马会

目送浩浩荡荡，奔腾不息的通天河
晒经台上，寻觅《西游记》中那只千年老龟
摇挂的经幡，垒起的桑台
让我盘旋而过安巴纳山垭口，重返川西北
多情的八月藏区高原，风和日丽，碧空万里
山野花草间彩旗飘舞，帐篷簇簇，人声鼎沸
一群群披鲜戴艳的男女老少，从四面八方涌向赛场
席地而坐，相互寒暄，铺出青稞酒和酸奶子的热闹
一批批骑手彪悍粗犷，放荡不羁，英姿勃勃
迎风跃马，急停盘马，勒缰立马
反身纵马，高歌唱马，深情吻马
就等那一声枪响，扬鞭策马，长发飘逸，疾驰暴走
将浓郁的情感，神灵的信仰高擎在马背
总有一位周身旋舞长枪，临近终点"啪啪"几枪
击碎一溜子插表上的五色气球的英雄
夏日的赛马会沸腾了千年万里的藏区

更有那四方八野一场更胜一场的壮美
紧系着藏族姑娘们的盛装舞步

那里的动物世界

新荣小镇，满街满巷溜达着土头土脑的藏狗
店铺门前，垃圾堆旁，觅食追逐，卧地酣睡
幸亏没有藏獒的参与，它们在高傲地闲庭信步
我们那只藏獒"贡嘎"，当年就在这由色须寺的喇嘛选中
送往几百公里外的新都桥的日库寺
再从那，一步步走向江南水乡
把高原的粗野、神勇和威武浸淫进温柔
一只苍鹰凌空而下，像利剑般地直插草地
瞬间就用坚喙钢爪捕到一只狡兔
苍鹰一个翻身，又腾空而起，直冲云天
闪电般的迅猛，枪弹似的快捷
热血沸腾，血脉偾张，飙升的肾上腺素
一头乌黑油亮硕壮无比的"高原之舟"
挑逗我们，挡住去路，虎视眈眈，冷峻严肃
嘴鼻喷吐气团，犄角上下摆动，一副格斗架式
惊悚之时，一声蛮叫，扬起四蹄，夺路狂奔
一左一右与我们飙起楞劲，涮你涮得格外从容
瞅准空档，一个箭步，杀出围堵，甩袖而去
只听到身后一阵长长的嘶鸣，仿佛是再战的怒吼

这就是充满生机和野性的川西北高原

这就是热情歌唱生命礼赞的动物世界

雅砻江大峡谷

辞别甘孜城之前，感受了藏胞的婚俗

清晨，路边百十米的脸盆、茶缸、水桶长阵

在野花的灿烂中，期待新郎新娘的彩钱

这"天下同喜"的寓意，情深、趣味和质朴

我那只水杯，果然也装进了新郎的豪爽与新娘的娇艳

挨着沙鲁里山飘忽不定的道路前行

远方，日舞云飞，峰峦挽臂

两旁，高寒草甸，湖泊点点

在洛日雪山的映照下，闯进雅砻江大峡谷

奔腾呼啸，峥嵘壮观，绮丽神秘

道路崎岖，泥淖盘旋，幽邃险峻

在悬岩峭壁中穿行，在绝地深涧里延伸

峡谷犹如一条古老的时光隧道

我们就在这遮天掩日的奇峰异林中漂移

险滩连绵，礁石林立，浪花飞溅

涛声如雷，龙腾虎跃，天地生威

这百多公里独特绝色的风光

是川西北高原为我原汁原味的洗礼

最后的香格里拉

傍河青杨林，河里是林影，林中是水流

稻城红草滩，绵绵风雨中，朦朦天幕里

牛郎神山的腰身，仁村峡谷的美景

弯曲的溪流在山涧嬉戏，一路缠绕

垛垛藏居在云雾中躲藏，向阳之地

亚丁村，一个海拔近 4000 米的小村

在青稞田和山风欣然的错落有致中

在依稀可闻绝美神秘的鸡鸣狗吠里

拾起火烧林的惋惜，挥动杜鹃谷的锦绣

感慨擦身而过的藏民脸上荡漾的骄傲与神采

蜿蜒的羊肠小道，已在心领神往中缩短

北灌崩、佛缘台和佛缘桥的铺垫

将我栽入了冲古草坝浑然天成的盆景

仙乃日雪峰，慈善的观世音菩萨

巍峨伟丽，端庄祥瑞，让谁在仙境里幡然悔悟

卓玛拉措，白渡母山峰的魂魄

云影波光，无限清丽，苍翠如屏

夏朗多吉，勇猛刚烈，神采奕奕

央迈勇峰，圣洁高贵，傲然天地

拍着洛克先生的从容，摇着希尔顿的笔尖

我再一次走进了最后的香格里拉的梦境

一

藏地短歌（组诗五首）

（一）

四月的春天

落进了雪花的飞舞

走累了的牦牛

在洁净里渴望

那一双炽热的眼睛

期盼阿妈的温柔

在风雪狂欢的草场

奶水盈盈的时候

（二）

披上一缕

雪山转赠的晨曦

阿妈祈祷着前方

孩子们紧贴着赶路

肩头伏着一个

手中拖拽一个

背后驮着一个

那扭着脸的弟弟

阳光正重新洒沐

（三）

法王与众僧众徒

在盛大的法会上交流

低沉浑厚的鸣号

震荡整座山谷

胸前一抹抹白云

领受了无限的敬仰

合起祈愿之掌

经幡下一片禅修

（四）

自然纯真的笑意

浸染一身紫红僧裙

那半隐的羞涩

与我的目光交错

披单上的慈爱

拂拭千里佛国

一丝香甜的回味

仍在指上和齿间搅动

（五）

是春是夏是秋

在一湾重叠中映射

悠闲的牧马

飘落一叶黄色的云朵

鲜花迎来远方的来客

又被远方的来客捎走

那凝流静谧的画卷

浮现出天堂的颜色

一

狗　儿

她叫瑞瑞
他叫狗儿
她是他的亲姐
他是她的胞弟
姐弟俩的爹娘早已杳无音讯
唯一的三叔三婶也绝情而去
姐姐每天日出日落
都会倚着柴门久久眺望
念叨着她长眠的弟弟
那天，狗儿赶着拉水的牛轱辘车
翻入十几里外的夺命沟
瑞瑞将他高高地举上山岗
好让狗儿看到村里家里

数年后，我重返山村
瑞瑞嫂子在村头翘首相迎
牵我走向老宅基地上的新屋
又拽出一个狗儿弟弟

她说，那年泥石流里扒出这个孤儿
像亲狗儿一样讨人喜欢
是他悄悄地告诉了山岗上的狗儿
把我离碎的心牢牢栓住

翌日，离别的时刻
村口大槐树披着桔红色的晨曦
狗儿和他的一群伙伴跃着吼着
狗尾巴花开春天来
狗尾巴草黄打秋去……
这跃吼的童谣飞向那狗儿高高的山岗
又撞回我蜿蜒出山的车里

一

眺望北方

眺望北方
向黄河以北
向太行山脉更西北的
北方
那儿高山峡谷褐黄褐黄
稀疏的林木
与山的神情一样
憨厚的生民
憨厚的牛羊
憨厚的庄稼
将一页一页的光阴
和一代一代的相沿
夯砸得油光锃亮

信天游仍在高吭
并不是所有的生灵
都能欣赏
老辈走远了

老屋垮架了

老坟晾荒了

老村冷寂了

那份思念

该向何处张望

心被渐悄地抽空

缺失了燃烧的能量

那么乡愁

飞翔中折断翅膀

眺望北方

向黄河以北

向太行山脉更西北的

黄土高坡

那是故乡

是梦乡

是命之根

是魂之地

是气之场

是那块烙上了我身

永不磨灭的胎记

是血脉殿堂

一

赤大膊的老奶

老树投下粗壮的身影

祖屋粘在土坡垄头

院里转悠着我的老奶

这一晃就是一辈子的穿梭

那年盛夏依照祖上的允诺

老奶高傲地跨过门槛

像屋前的梨树一般

熏风里赤起了大膊

老奶满面绽放阳光

村里的汉子们只敢远远地瞟着

媳妇姑娘们也只能俏皮地羡慕

老奶的眼睛燃着旺火

让土地庙和宗祠的香火黯然失色

老奶的手势轻缓舒展

大声地吭哧起《黄土高坡》

我偎依在老奶的怀中

牛犊停下了吮吸

羊群呆在了阡陌

连爱闹腾的鸡犬也静静地卧着

赤大膊的老奶搂着赤大膊的我

好似吕梁山紧裹着耿直豪爽的黄河

条条沟壑都饱含爱的嘱托

老奶含笑的泪水润我脸颊

我凝视着思忖着聆听着老奶的感喟

——那年，送走了你当八路的公娃爷爷

过后，又送走了你保家卫国的钢娃达达

如今更留不住你这土疙垯里滚大的幺娃

我轰烈地扑向赤大膊的老奶

如生生地扑进实诚厚重的黄土高坡

雪，在江南飞舞

雪线，从北边悄悄地压来
江南人，多日细腻的念想
晃醒隆冬，终成真梦
俊俏的江南，不只是温柔
风中弯弓的绿竹
枝头放狂的寒梅
一条呼号的运河
满寺火红的香烛
雪，在江南漫天飞舞

纷纷扬扬，飘飘洒洒
丝韵般的山水
也一样敞开着广袤的心胸
且看那
朵朵血红的山茶
簇簇冷翠的小草
在冰雪灼灼的目光里

生机盎然，柔媚多姿
弥漫、通灵、蓬勃的飞雪
摇落江南春的序幕

一

薄暮，一湾蠡湖之水

薄暮，一湾蠡湖之水
仍散逸着西施的娴静和美腻
一遍又一遍地传递
吴越春秋的月出日归，风卷云憩

倦鸟悠长的鸣叫拉近了急促的飞影
幻想一轮新艳的诧异
浪花挽起心花已悄然潜入
鱼儿们戏嬉的一圈圈涟漪

岸柳将头埋得很低很低
垂挂了太多太多温柔的话语
蓝蜻蜓从暮色中的蛛网一蹴而就
回眸浅笑，宣示了一次惊险的挑衅
星火炫耀的石拱桥躬吻长堤
荡漾夏日一幕浪漫的情趣

挥洒这幅幽香的江南水墨

是远山探身抵达的热情

是晚霞的抖落，是天韵的旋律

是这座城，这城人暴风雨后

更新的清雅和宁静，相思与爱意……

一

江南，一条鲜活的大河

水孕江南，梦萦大泽

渚，港，溪，浦，浔……

古今悠悠，得天独厚

江南，一条鲜活的大河

河为路，路即河

一条通衢，穿城绕村

两岸绵延的故事

因她的演绎而靓丽蓬勃

一茬茬的景物

一季季的律动

血脉相承，生息繁衍

浒，浜，潭，湾，渡……

悲欢离合，漂星浮月

江南，一条鲜活的大河

奔波东西，行走南北

永生通江达海的不懈追求

这，更有她深深滋养与牵挂的

枕河人家，沃野渔火

冬季，可以娴静得如此轻松

一朵斜阳轻轻地搭在石桥
一湾河水悠悠地漂洗码头
一抹乡情沉沉地穿越时空
一场宿醉款款地游走雪后
山绿了黄了又白了
天蓝了灰了又黑了
丝丝寒意，暖暖心绪
点点远山，袅袅飞鸥
冬季，可以娴静得如此轻松

踏上一条迎春的小路
走向无人指点的荒洪
双眼旭日般地闪烁
梦还伴着青春的律动
一页往事，奋笔疾书
只是删除了流年的沉冗
一幅水墨，浓淡勾染
会留下明日更新的禅悟
冬季，红彤彤的中国结辉耀夜空

巡塘镇

题记：江南水乡一个残喘的古镇

寻觅老屋

那地已立新楼

呼唤石桥

临水却忘了吟唱

一抹春色挤不动半分古韵

半湾静波难映出岁月流淌

我真想

披起那件蓑衣

戴上那顶斗笠

执一壶老酒

在千年的记忆风雨中

与祖先与挚友与后人

喝去陌生的距离

喝出原色的故乡

再探巡塘镇

那坛陈酒还是没有喝透
那湾绿水还是不想远流
那颗恋心还是怦怦律动
那番静寂还是依然如故
是何物附我魂魄
擦过屋脊的水鸟鸣空问路
我静静地从古韵中穿过
乘一缕阳光在巷间游走
青石板顶出的一个激灵
我赠给了一蓬轻抹的晨雾
我不宽恕那些贼子
惊扰和盗卖了你的幽梦
踱上嘟起嘴的拱桥
蹩进溢书香的店铺
我回眸云天里那杆招幡
有一脉茉莉花般的愁绪
钩住了我的脚步

夜宿山村

在半土半砖的四合院中
呆呆地坐了很长很长辰光
能看见很久很久以前的
很乱很乱的星星
很弯很弯的月亮
哼着还记得的儿歌
断断续续飘飘荡荡
听几声狗吠
尝农家饭香
闻柴禾低吟
醉炕口火光
夜很深很沉了
烟袋锅仍星火闪烁
话一茬一茬还没唠尽
辗转炕头期盼天亮

一

深山古村落

这天籁般的晨曲
千百年来从未走调

雄纠纠的鸡啼
假惺惺的狗吠
羞答答的鸟鸣
麻酥酥的人唤
炊烟飘渺下的古村落
让我重归人初的情愫

苍碧山川紧紧环抱
聚族而居安宁相好
壁墙土屋透来古朴的气息
黄泥茅草就是老家的味道
曲巷石径青苔暗渠
让沉睡的记忆苏醒奔跑

我守着土灶煮了一锅山粥
溪水里把旅衣漂了又漂

一

在北方，我等待着

等待着

回归的细风

将柳树的长发轻轻地梳理

等待着

莞尔的阳光

把温暖的手伸进大地的衣襟

等待着

浅萌的乡野

青禾与农人喁喁的私语

等待着

吟咏的溪流

递来萦梦的桃花汛

在北方，不用焦急

要有比江南更温柔的性情

一杯酒遥对十壶茶

一朵云相挽百场雨

等待着

流逝的日子

再将我一遍遍地过滤

等待着

漂泊的叹息

伴随季节荏苒滋生温馨

等待着

张望的思念

被故乡最后一缕炊烟收留

等待着

有一行诗句

能与友人互赠会心的笑意

在北方，我等待着

用细腻的眼光打量宏放的天地

一夜春摇醒千座山

一株草引诱万顷绿

一

乡 间

梨花飞上额头

大枣甜到嘴边

适才相见的老乡

像团火

似勺蜜

霎时让你醉倒在

掠坡过岗的山水间

白杨高擎着鹊巢

摇响新生命的舞曲

枝梢伏向屋檐

打探欣喜的小院

门里门外乞欢的狗儿

把热闹扑腾个不停

村落的目光

漂移进这笑浪里面

围起絮叨的桌板

与时光掏心窝地攀谈

掬一泓山泉洗尘

将心思一眼看穿

鸡群咯咯地啄着

跌落在地的宿恨烦怨

乡风吹拂

一万年不变

乡土厚实

承载着一切诺言

乡语亲昵

直抵小憩的心灵

跃入一塘春波

滤去多少情感的碎片

乡　愁

静静地看着它的深处
以至于
真想一把紧紧地抱住
在蠔墙的尽头
挂下一道思念
古老的巷道
如安宁下来
就是一种孤独
石檐拱起一段记忆
云波涸开一抹乡愁
从数不清的脚步中穿过
那一粒石子
硌痛了心头

静静地走出它的深处
又闻到
行色匆匆的呼吸
追踪无言的失落

海风默默相助

不想将这潮街潮铺潮人

——清理

做一场雌黄稚气的童梦

微笑从脸上溢散开来

时间为它的痕迹注册

一朵浓黑中的烛焰

摇曳着寅夜

牵领着归步

老家（组诗五首）

（一）

气温蹭地蹿上了 35 度

一下子就把老家的热情

摊开铺就

概念中的乡情

哗啦啦地涌了出来

在黄土高坡上

赤裸裸地袒露

热风热脸热语

兄弟姐妹们尽兴地搅和

满屋子蹦跶的稚童

一声爷爷，将心叫酥

还有那

中条山下的盐湖

鹳鹊楼旁的长河

常平关二爷的神话

梨花深院的典故

黄河大拐弯处的窑洞

也一股脑儿地

迎面扑来

（二）

这一头，一声四哥

那一头，一声应诺

然后是几乎同步的

清一下嗓门的咳嗽

老哥俩相隔千里的距离

瞬息在电话中消失

浓厚的乡音，飘逸起来

那是他们之间一种特别的要约

一箩筐的故事，爬出回忆

他们也只挑一二件咀嚼

老哥俩几十年风雨南北

可他们的母亲却长眠在一个坡头

他们血脉相融的长青藤上

满坠着累累硕果

（三）

梨花中的泓芝驿

麦青里的董杜村

让我细细地品味着老爸

一次次的感慨

一遍遍的嘱咐

目光攀缘上

老屋旁的几棵老树

印记深扎进

心灵的乡恋故土

捧起一把炙热的黄土

更骄傲自己的肤色

翻回几页旧历

双耳灌满了久违的音符

我的老姐沉醉于乡里乡亲

六十多年的情债一笑偿付

（四）

在老宅基地的残垣前

张望着青青坡头上

已远走的奶奶和表叔

心底大声地喊着

对不起，奶奶！

我小时候曾多次调皮捣蛋

故意踩疼过您的小脚

可您从未打骂和责斥过我

还有我那实诚木讷的转运表叔
这一辈子就在奶奶的身边转悠
尽孝尽忠，精心伺候
连媳妇的滋味都未尝过
黄土地里走出来的一代代人
拥有天下人最为纯真的本色
我跪拜在奶奶和表叔的坟前
深深地缅怀，任凭
一抹黄尘，一撮香灰
飞上我的眉宇
沾染我的衣裤

（五）

树林里的爷爷
也和枣树柿树一样
已悄然地湮没于
风霜雨雪之中
我又一回
沐浴着奶奶的慈祥
聆听着五奶的呼唤
故乡中寻故
像一瓶倾倒的老酒
数不清我叔满头的白发

和我婶一脸泛滥的皱褶

我与我嫂我弟我妹我侄

漫天的攀谈

沿着血脉根系越伸越密

啊，我的大黄牛和小山羊呢

你们躲进了哪片山坡

塞一枚糖豆角入嘴

端一碗胡卜滑肚

咬一口热馍留香唇齿

夜深了，我还在乡思中久久徘徊

聆听父亲

父亲，好像又缩了一点
愈发山一般地沉默
九十多年的岁月砥砺
风雨往事，未及细品
他，真的累了，浑身倦意
经常半倚半躺，窝在家里
只有门前那棵很亲密的栗树
他还会时不时地
隔窗相望，颔首致意
终于有一天，父亲瘫进了病床
不会了行走
模糊了视力
衰弱了听觉
丧失了言语
可他又多了些孩子气
这倒使枯燥冷清的病房
平添些春暖花开的气息
每当我看见他蠕动的嘴唇

总感到他挠心抓肺，有话要说

那天，我像猫一样偎他身边

细数他的心跳

轻拍他的喘息

搓揉他的臂膀

蹭蹭他的胡须

父亲，奔涌的老泪

纵横了我的脸颊

我隐约听见一种熟悉

一种打小就敬重的声音

从他的内心溢出

真的，我真的切切实实地聆听到了

浓厚的乡音

遥远的记忆

深情的牵挂

殷切的期盼

敦实的嘱咐

这些，父亲倾泻着的

难舍难弃的心愿

久酿纯净的思绪

直今，父亲的言语还在我的耳畔和梦里

经久萦绕，声声不息

一

一个沿街看车的大爷

他来自一个贫瘠的山村
一把年纪了，好不容易在城里寻得一爿营生之地
他每天要在马路上熬上十多个小时
吃喝拉撒全在这里
冰雪剐削着他皲裂的脸庞
寒风钻缠着他劳瘁的身躯
街道两侧驻着百十辆私家车
他盯着，瞄着，生怕会出差错
他怕挨训遭骂，最怕丢了饭碗
因为老家那头就指望他的接济
选择了这档苦钱苦命的差事
却从未听过他唉声叹气
他曾对我说：比起他们，还算凑合
我知道，这不仅仅是指老家的父老乡亲
还有同他一样漂泊在外的打工兄弟
认识他有些日子了
也就匆匆照面，偶尔唠上几句
他的憨笑让人踏实

他的眼神流露善意

清晨，总是他目送着我们嘀嘀离去

傍晚，还是他等待着我们平安返回

说真的，我很惭愧，也挺内疚

好几次都忘了给他停车月费

甚至，至今也说不出他姓啥名谁

可是，每当他那军令般的声音响起

"倒，倒，回轮，再回一点，好嘞"

就会让我重新体验一回做人的规矩

也更让我理解做人的尊严与底气

■

他和老宅是一座锚在河东的孤峰

他额头火星飞溅，仍不退缩

似一尊雕塑，把有声无声的抗争

看作云烟，听成挽歌

说书人，一而再地添油加醋

青石桥下的河水依旧清澈不涸

腥臊的漩涡，茶余饭后的嚼头

老街的暴虐，走马灯式的模特

他都视而不见，听而不闻

他和老宅是一座锚在河东的孤峰

轰不走，铲不动，撞不破

他没有温善女人的辅佐

也不见子女亲朋的眷注

但有三只猫日夜形影相随

一只极地的雪色

一只长夜的本色

一只逢春的花色

有人羡慕，也有人忌妒

他认定了生肖圈外的不绝之命

坚信自己的执拗，包括轮回后的所有

他喜欢迎着略带焦糊味的晨风

喜欢伫立一口酒就能喷醉的路口

喜欢人们绕口令般的指指戳戳

喜欢静躺在木榻上眯起祖传的老梦

多少年了，他只是隔河向对岸瞅上几眼

不乱神色，不燃欲火

河西的人都知道河东有一个猫人

这人从未踏上过河西半步

如今，在他四面楚歌的老宅咫尺

又新拓出一条马路

还挖走了仅剩的几棵老树

连最后一道进出口也被封堵

他瞄了瞄屋脊兽叼着的斜阳

再一次擎起高香

面向应诺过的先祖

秋天大院里的四棵树（组诗四首）

（一）

你的婴儿期

也在这片坡地度过

当时你韭菜般的腰身

真怕会被一阵乱风吹折

你敢向那些野草叫板

在岁月的奔跑中争先恐后

跌倒了，爬起来

直到有一天，你的利刺

扎醒了溺爱与呵护

你开花了

多少痴情的蜂蝶争风吃醋

你挂果啦

唱红了季节的脸庞和胸脯

——枣树

秋风中英俊潇洒的小伙

（二）

你带来吉祥

花开在红红火火的五月

橙色的，红色的，白色的

萼嘴性感，喷薄诱惑

那天大院里正好举办一场婚礼

你也满怀喜悦真诚地祝福

像一位过来之人

为一对新人和一个家族载歌载舞

你热烈在每一时刻

满坡的鲜花比你逊色

还有掠过的山岚，攀枝的鸣虫

从夏夜的构思到仲秋的朗诵

你一直恒守朝阳的风格

捧出一颗颗红宝石般的心灵

——石榴树

太爷爷还时常在你的祈愿中踱步

（三）

你从江北乘风而来

十几年前入乡随俗

你没有证件，更没族谱

瘦小干巴，那么寒碜

几次都差点被土灶台吞噬

想起你，像拒绝爱情那样

拒绝一台为你精心准备的手术

从那时起，所有的人都明白

你属阳性，就是人中的龙虎

虽然在贫苦地出生，但心不贫苦

你的根一定是深深地扎进了岩石

从而枝干上总泛耀一种坚毅的光泽

由绿变黄，由黄到橙，由橙为红

——柿子树

你让金秋那一丝艰涩变得甜熟

（四）

你绝对是个壮汉

身姿挺拔，高大威武

因为，你来自南方边陲的麻栗坡

当年你裹着硝烟炮火

和英雄的情怀，也将自己的神谕

一起点燃这片安宁之土

你倔犟，如院里的抗战老兵的脸谱

你从容，似飞扬的军旗猎猎生风

你也豁达，爽朗，格外阳光

就是寒冬抢夺了你的一身戎装

你的口令和军歌也仍然嘹亮浑厚

你的花貌，风过不睹，鸟飞不闻

可你的坚果，却让我揽收沉甸甸的秋实

——栗树

还想等你流星雨般的倾诉

啊！德西拥作

十年前
在康定折多山之西
日库寺的佛殿前
见到过你
也托举过你
可爱的藏族小姑娘
你红彤彤的脸蛋
亮闪闪的大眼
高挺的鼻梁
稚嫩的微笑
让一个深圳阿姨
对你产生了幻想
你的舅舅降央喇嘛
告诉我们
你是贡嘎雪山的女儿
是日库寺的月亮
是川西草原的花朵
是带不走的阳光

十年后

在北京一个晴朗的早晨

一部刚刚擦拭干净的

手机屏幕上

倏地跳出

一个美丽的藏族大姑娘

我捻断了

鬓角几缕白发

活泛起

心底的思绪

真想捧住你的歌声

接上你的舞动

沉入你的酒窝

顺着你的目光

浮现出许多许多

啊！德西拥作

一朵绽放的格桑花

你还记不记得

当年在新都桥畔

那个祝福你

"扎西德勒"的伯伯
他还说过的那句话
你很像你的阿妈

川西高原的那些孩子

2016 年元月的最后一天
江南又落下了第二场大雪
捧起多年前受赠的金色哈达
我眺望着川西高原的那群孩子
此时此刻降央喇嘛的微信
能否再传来几张崭新温暖的笑容
大山里日库寺那根高高的旗杆
鲜艳的国旗上又增添了一份孩子们的瞩目
新都桥的冰雪世界腾起欢唱
汉藏友谊班教室中那朗朗的书声仍然动听
我那些藏胞牧民质朴可爱的孩子
已不必为一碗米粥，一块糌粑，一口酥油
去陡峭的雪坡扒拉沾血带泪的生计
他们的棉袄棉裤一定整洁合身
脚上的厚靴能抵挡住雪地的冷蚀
他们在漂亮的藏居里甜甜地围着阿妈
像一盏盏灯花映亮世代的寄托

酷寒之天，飞雪之夜，思念之时
我又听到了川西高原那群孩子们的
扎西德勒，扎西德勒，扎西德勒……

一

山　狗

山里狭窄却挺深远

山外宽阔总觉危浅

山狗只有在山里才能自由撒欢

山狗是幸福快乐的狗

土头土脑土得机敏

不像山外的忸怩作态

能吠会吠心秉主见

不是山外的骄奢虚弱

山狗遵规守矩

捍卫着村头村尾屋前屋后

山狗爱笑羞哭

代代浸润拙朴和憨厚

山狗不卖只送

看你眼神是否清澈

山狗只有在山里才能自由撒欢

山狗是桀骜健壮的狗

一

逃 离

一头牛犊跃过了栅栏

抬头，哞——哞——哞……

向天空宣示着欢乐与自由

老牛浊泪潜然

惊震了山村的晌午

病树枯倒了

新绿漫遍整条山谷

老村瘫痪中

村口的牌坊熏影模糊

半村窝居，半村留守

错归的春燕已不再来

甚至，季风也未呼坡头

乡愁，从油腻腻的嘴唇脱落

那头逃离了老棚的牛犊

像一片飞云，无影无踪

第三辑 异域咏

放飞出黑色的惆怅
对接上湛蓝湛蓝的惬意

一

柏林墙

27 年前的那夜隆冬

只活了 28 岁的

反法西斯防卫墙

在 40 万青年的咆哮中

轰然倒塌

这道以铁血战火中的铁血意志

以军警、特工、狼犬、狙击手、铁丝网

甚至是坦克，筑起的封锁线

深深地勒伤了

德意志又一次流血的胸口

墙东墙西，两个世界，两种温度

曾经的死亡地带

如今，特意残留下一段历史的耻辱

让千百个殒命于枪口之下的灵魂

向每一位来者倾诉怒吼

勃兰登堡门永远地目睹着

施普雷河久久地铭记着

一幅"兄弟之吻"

还在回复

一浪又一浪的冷嘲热讽

布拉格

波希米亚平原的风情

雄踞在市中心一座古老的山岗

我仰视，眺望，凝听

伏尔塔瓦河两岸

乳黄的楼房

铁灰的教堂

淡绿的钟楼

罗马式，哥特式，巴罗克式的建筑

宁静着中世纪的模样和辉煌

啊，布拉格沉浸于安祥

都这么赞美

你是世界上最漂亮的城市之一

将天使和巨匠的颜料

抢翻后，任其肆意地流淌

徜徉在布拉格广场

每一块爽朗的彩石

都可以磕出

一段心旌荡漾的吟唱

当年，那场"布拉格之春"

你爬起身后，更淡定地

丢弃了一件件败装

再后，又有"天鹅绒的离婚"

也仅是千年风雨的一次吻别

覆盖布拉格城堡的乌云里

仍飘出欢乐畅快的念想

前方，驶来一列有轨电车的叮当问候

一时间

斯拉夫的热歌

吉卜赛的忧乐

从无数个角落奔来

密密稠稠，盘旋飞舞

簇拥着布拉格永恒的欢笑

掀翻我一片情醉的海洋

一

比萨斜塔

较真的伽利略
那两只一大一小的铁球
在众目睽睽的疑虑中
从高高的塔顶抛下
亚里斯多德的谆谆教导
在两只铁球同时触地的那一刻
被阵阵的尖叫阻挡
飞溅出璀璨的火花
砸碎了禁锢的铁窗
钟声向利谷利亚海面久久地掠去
智慧之鸟扇拍着折不断的翅膀
比萨斜塔
也就是从那时起
才真正地开始倾斜
一点一点地
倾向青葱的大地
斜入不败的芬芳

佛罗伦萨

我晃进了金色的摇篮

想瞄一眼中世纪的幽灵

从圣母百花大教堂尖顶射来的曙光

早已刺醒了这片大陆的神经

默颂震撼天宇的神曲

注视践行诺言的雕像

这座城具有足够的力量

去拯救上帝的凄凉与悲伤

古老的广场

斑驳的街坊

穿梭岁月的敬畏和赞扬

一道道黑色的印迹

却能磨亮并焕发出

犀利的眼神

不朽的荣光

举起一杯醇美的托斯卡娜红酒

喝出东西方的时差

咀嚼一盘 T 骨牛排

品熟同村异音的佛罗伦萨

贡多拉

398 块木板的构建

燃烧着火辣辣的邀请

398 艘天使般的引领

荡欢了千山万水的欣喜

月亮样翘首的诱惑

是漂浮在亚德里亚海湾

如胶似漆的笑意

摇橹的帅哥

世袭着三代人的荣誉

条条幽深的水巷

窗窗温馨的花影

座座凝情的小桥

把摇曳多姿的威尼斯水城

摇进世界的梦里

红邮箱

你站在庄严的布达山上
点缀着蜿蜒的街道
收发着几百年的风雨
不衰的靓丽等到了
像你一样鲜红的热情
我无法用笔和纸
将一份远亲的问候
完整地复述给你
只想让你的感知，你的经心
有一种依伴自然来临
我们都相信和愿意再等到
多瑙河还会送来的那封
传承着英雄情怀的书信

米兰大教堂外的广场

这个盛放的花园
让年龄、肤色、气息、心语
都变得痒酥酥而轻狂
这块放电的地方
使摄影、绘画、行艺、爱情
一溜烟的艺术泛滥成洋
欧洲杯又点燃了战火
整个欧罗巴踢得酣畅
乃至全世界的雄性激情
汇聚于这个周末的广场
亮度、色度、声度、热度
超越了上帝的遐想
欧耶，米兰大教堂外
一个不大不小，无拘无束的
充满自由与欢乐的广场

裴多菲的决意

那首响彻世界的诗篇

其实，并没有写完

也仅仅是译出了字面

倒是那枝领受了亲吻的红玫瑰

顽强地绽放出自由的生命

一汪炽热的泪水

一丝倔犟的笑意

一首孤傲的颂赞

从布达山顶，佩斯城边

从茜茜大桥，渔人堡前

随一河决意远行的波涛

捎去了马加什教堂的祈愿

和千百年不倦的坚毅

堤岸上一双双铁锈斑斑的童鞋

长风里呼啸的一行行诗句

安德拉什大街 45 号书店里

仍然电闪雷鸣

英雄广场的豪情重新列队

一

向音乐致敬

终于看清了，听明了
那抹幽蓝的眼神
滑过维也纳河的晨波
伴随多瑙河的斜阳
一管乳白的鹅笔
五根闪光的心思
将千般情、万种爱
从这座城的肺腑
谱写进全世界的致敬
美泉宫、老城区、乡野间
鸽群翔，马蹄脆，绿林鸣
小约翰·施特劳斯安宁地伫立
一袭金壁辉煌的风姿
一腔点燃时空的激情
在这遐思中的音乐之都
我放飞出黑色的惆怅
对接上湛蓝湛蓝的惬意

象征者

天鹅咖啡馆前

不远的街角

一位无产者

静默中哀怒地

累趴在路沿

它浏览而又眺望

堆满罪恶的世界

不知道

它的头领

缠红摸黑去了何处

是否又在探测

永远不会终结的路线

小英雄于连

还是那么

机智果断地

向战火硝烟处

喷射出

千金难买的尿液

与马克思争辩过的一尊雕像

离布鲁塞尔黄金广场

还有两个拐角的

一处街心花园前

我贴近一尊雕像

他平视着前方

微微昂起一脸尊严

炯炯的目光

浓浓的胡须

仍在岁月的风雨中历练

他好像对我这个东方来客

也热情地瞟了一眼

恰巧另一位老外路过

用混沌的语言

朗读起基座上的铭文

我在困惑中

只清晰地听到半句洋中文

……与马克思争吵过的人……

突然，我的心被针狠狠地扎了一下

浑身输入了一股强电

想象着他与马克思一起

在黄金广场边的天鹅咖啡馆里

翻阅书报，谈论时政，聊长问短

然而，他和马克思之间

无论是谁先挑起的狂风骤雨

为理想、主义、立场和观点

对历史、事件、人物与命运

一次，两次，甚至反复地脸红脖粗

已无关紧要

他们两人的出生、阅历和抱负

肯定存在着距离与差别

最终是彼此说服

还是互相谅解

反正，绝不会是你死我活的压制与奴役

因为，他们都应属伟人之圈

并共有同一种身份

——皇权体制外的

持不同政见者

—

最忧伤的狮子

题记：瑞士·琉森古城一角的石崖上，雕刻着一尊垂死的狮子，以纪念1792年法国大革命时期瑞士雇佣军的精神。

刚强而哀痛的雄狮

你这濒死的百兽之王

一枝断箭深深地插在你的背上

你死命地伸出前爪

按着铸有瑞士国徽的

盾牌和长矛，而身下掩着

法兰西波旁王朝路易十六及王后的死亡

你零乱的鬃毛散落肩头

将合的双眼仍透出不折的承诺

你咧着巨嘴，喘吁着忧伤

你凝聚着瑞士786名雇佣军士的

忠诚、坚毅和勇敢

高贵的品格已穿透了

两个多世纪的血色信仰

左岸 or 右岸

一条睿智而又浪漫的塞纳河

劈开了花都巴黎的重重色彩

徜徉在亚历山大大桥的夕照中

又徘徊于艺术桥紧锁爱情的栏杆边

向左？向右？

再也无法回避的审判

我坚定着一杯清咖的思索

还有一幅画作的孤独

随一束叛逆之光

和一曲觉醒之歌

从左岸

一路掠过

直抵蒙马特尔高地

白天鹅

我与你

不曾就此别过

即便在一万公里的时空之外

你那湖光山色的诗意

你那不避生分的问候

你那自然和谐的伴舞

从琉森湖畔的和风里

一层层地浸润

一丝丝地销蚀

除我潜隐的顽疾与恶俗

你甩向碧空的波花

你溅进心灵的雅贵

你扇动的一抹抹温情

丰润了我旅途的所有

来吧，令我一眼就深深爱上的

天使般的白天鹅

今夜，你还在等待什么

此刻，我就会倾情地邀请你

并与你同振羽翅
飞越阿尔卑斯山脉
掠过整个欧亚大陆
朝着东方
一处新丽的家园
——我故乡的山美水秀

一

彩　虹

收割着的麦田上
人们的另一层收获
已拱卫在笑弯了腰的天空

一

默默无言

三个女人的默默无言

却让鼎沸的卢浮宫

充盈着崇美的惊叹

断臂的缺憾

创造出绝世的圆满

遗落的残损的容颜和羽翼

将激情展翅为永恒的胜利

最是那神秘的微笑

诊疗了无数颗心灵

三个女人的默默无言

救赎着整个世界

一

问　候

就那么几句

疙疙瘩瘩的英语

在这里，似乎也不太受欢迎

他们两国两族之间的情仇爱恨

仍深深地嵌在世代的骨髓

高卢雄鸡的昂啼

始终领衔着

这片土地的主题晨曲

倒是我一首中国美声

——你好！

掀起了法兰西的热情

哦，带头的

当然就是巴黎

赠给了这片乡野

雨燕追逐着

阿尔卑斯山的霏霏晨雨

青黄各半的麦田

展开天籁的恋情

一声声啼啭

从轻盈妙曼的雾幔里飘来

躺着牧草的田埂上

野花叼衔着一夜的梦境

一张花床卧在翠草坪中

一垛柴墙半掩未醒的小院

咩咩的圈羊已享用清香的早餐

哗哗的溪流又吟唱起诗的田园

我的帽沿碰下湿漉漉的目光

我的鞋帮捎走了多情的香草

我的一份灵魂赠给了这片乡野

英雄意境

佛罗伦萨握着钢枪

巴黎一直紧扣扳机

布鲁塞尔已有几回点射

整个欧洲，特别是西欧

IS 红了眼，流着涎

足球流氓挥舞拳，撩起腿

这些天，几百个小时，几千里路途

我时时穿行于异域异情的风雨

难怪每每走近教堂，闻听钟声

总好似夹杂着上帝的赞许

只要是中国客

卷过的广场

踩过的街道

扫过的商城

逛过的风景

为拯救意大利、法兰西，乃至欧罗巴

真是将友好渲染得不遗余力

更因为

我洞穿了形形色色的眼光

和三座凯旋门后

正凯旋地向东方祖国归去

一

素描圣地亚哥西班牙小镇

这是美利坚西部大地上早先的一个小镇

却是西班牙人曾骄横怒海的深深印记

几百年风霜雨雪洗刷不掉的风情

在一棵巨大的老榕树周围继续演绎

褚红色的法院，墨绿色的邮局

方石块的街道，铁木轮的马车

还有那在一隅疲惫不堪的教堂

和一袭西班牙长彩裙的主妇

及山墙下低唱浅吟的西班牙吉他

都在炙烤盘上的火舞里闲聚

街巷中没见到寻仇红了眼的斗牛

只有一蓬蓬仙人掌和仙人球慵懒的身影

有辆 CITY TOUR 红绿两色的公车

从傲慢的余味里默默驶离

一位泪痕斑斑的老人斜倚在台阶上

半本《圣经》淹没于他浓密的长须

我没忍住一声咳嗽，惊醒了卖瓜果的农夫

一撮老痰替代了我不会说的 Io siento（我很抱歉）

在圣地亚哥军港遛弯

中途岛号航母像一座古旧的城堡

收藏起它的刀光剑影，凶悍杀气

在一片港湾里自我摆渡着暮年

星条旗摇摆下锈迹斑斑的甲板上

还展列着过气的哑炮，折翅的舰载机

鸥燕环绕平静的港湾叽咕不停

它们早已厌倦了这种冷冰冰的铁血游戏

一尊倾倒了多少人的"胜利之吻"

究竟应该矗立在美东还是美西？

难道还会回望那场太平洋的火海

让胜利后的浪漫在茫茫海天漫溢

一群缺胳膊少腿的凯旋者

有水兵，有陆军，有身着军服的平民

一张张苦笑的脸庞隐忍了猜不透的秘密

我拍拍坚实的肩，握握微凉的手

不知为啥会与他们留下合影

海岸上一株株列队待命的大树

焦灼的根须似巨蟒盘踞大地
城里的教堂钟声悄然鸣响
人浪迭涌，争先目睹到此一游的上帝

蒂华纳城猎影

这是座墨西哥西北边境的大城

在特卡特河之畔，于西太平洋耳边

一条绵延了1180公里的墨美隔离墙的头颅

沉沦在波浪滔滔的海天

跳过这道生仇死恨的铁栅

是一面世界最大最艳的墨西哥国旗

为一劈为三的北美江山

大地下无数条暗流

飘扬在天主信徒据守的边境线上空

我在轻柔的海滩上

祝福一对逐浪的小姐弟

我在斑驳的老街里

混迹于熙熙攘攘的人群

我在古城墙的残垣处

听一缕缕疼痛的风声掠过

我在标志这座城的巨型银拱门下

默数铮铮作响的时针

一支与我一样游走的歌舞弹乐队

将我暂锁在一间咖啡馆的街椅里

一群群过境寻艳滋乐的老美

出没于远近闻名天昏地暗的红灯区

来来往往的车流，琳琅满目的街店

我听着"地导"一不留神泄露的风花雪月

大大咧咧地胡溜了一大圈

没想也没敢刻下"到此一游"的悬念

穿插于纽约时报广场

题记：国人称为"时代广场"，英文直译应为"时报广场"

夜色笼罩

广场上演灯光秀

无颜六色的话语权

掌控着纽约的咽喉

凌空而降的视频广告

一会儿，从黑暗中杀出帅哥猛男

一眨眼，是靓妹浪女的弄姿翘首

乌鸦鸦的人群阵阵骚动

在这个世界的十字路口

我觉得，多数人已习惯随波逐流

是无可奈何，还是聪明的选择

这里是无度的，也是有度的

有顺势的季风，应世的潮流

只是不要耍横，别太阴损了

多给点宽容的阳光雨露

我张望了好一会儿

夜空中屏气凝神的"新华通讯社"

闪亮在时报广场的巅峰

烦透了的蛊惑者和痴迷者

一路围追堵截，呼前喊后

谁会成为真正的黑户和亡国奴？！

更甚的是那个黑色的露癖者

口中念念叨叨，把女人的尖叫挑进夜幕

我来回几次穿插于这块飞地

没丢失一根头发，没伤到一寸指头

时报广场就如此年复一年，日炒一日

轮番周遭地迎宾送客

走过路过，惊厥过，傻冒过

但愿没滞涨你的思索与感受

今夜，荷枪实弹的警察依旧板着面孔

川流不息的人们仍然摩肩接踵

该嚷的嚷，该吁的吁，该玩的玩，该乐的乐

挺立在哥伦比亚大冰原

盛夏，我迎着砭骨的寒风

挺立在洛基山脉腹地

500 平方公里的哥伦比亚大冰原

四野皑皑雪峰

脚下悠悠岁月

一只兀鹰巡视晶蓝的天空

几片云彩舞动在我的指尖

这 7000 万年没有间断的时光律动

今天，也融入了我微细的礼赞

这可使尽了我经久的积攒

我听到你厚重的断层里

涓涓细流清亮透彻的誓言

挤出千重万压的缝隙

团聚成一条奔腾不息的长河

流淌出北美山川最壮丽的风景线

我触摸到了你坚毅刚强的意念

在冰河的雪冠上分外纯净

严峻肃然又沸腾澎湃

于杳无人烟的茫茫洪荒中
唯有你将无畏无惧的生命尽情展示
挺立在冥思无限的哥伦比亚大冰原
我已是千钧坚冰，万顷暴雪

市中心的教堂

从旷野归来的感觉
小憩在高高的十字架上
天使清亮开唱
颂赞覆盖了马路
诗意扇动着天堂

就是一次无意的碰撞
陡然让灵魂赶上观望
耶稣悄声地询问
《圣经》读过读熟理解了吗？
三个版本在枕边哗哗作响

贴着教堂宽敞的门框
品尝牧师为一对新人颁奖
宁神中的人们也很光鲜
丘比特的金箭又射向何方
今天，忏悔小屋暂停开放

一

童　话

在春天的花园里

缪斯九姐妹

又聊起了她们的新朋老友

丘比特闯进了诗意的领空

缪斯责备后笑问

今天，你又射出了多少爱情的魔咒？

这些拿捏着夷愉和甜蜜的神啊

一会儿矜持稳重

少时又调皮活泼

他们都是我屡屡没能勾上手的

美梦中可以信赖的朋友

我期待了很久很久

想象缪斯的手指轻弹

一顶花冠就扣上我的头颅

继而，丘比特的金箭射中我的心窝

另一枝铅箭，也张弓满弦

今天这里有一场盛名舞会

我惭愧自己的形象

只好在花园外的草丛里

隐藏，窃听，偷窥，羡慕……

等着灰姑娘穿上水晶鞋的时候

一

五月的麦田

淫雨

被灿烂的目光击溃

五月的麦田

终又金黄似海

涌动起天地绝美

响彻一曲欢乐颂

沸腾了阳光心情

农夫，还有他的妻儿及乡亲

如麦穗一样沉甸饱满

怀揣着重托，遐想霏霏

流云凝步

收割机奔驰

由南往北五月的一片片麦田

在失眠的季节

倾情盛演

傍晚的麦田

青春的麦穗

紧扣晚风的指尖

漫步田野，夕阳

笑开了一生最灿烂的脸

麦田上梦幻连连

教堂的钟声忽近忽远

乡间悠荡一丝丝清香的气息

斑斓的天幕渐渐收敛

麦浪起伏，金黄一片

引领人们，仿佛

一步跨入丰收的季节

一

两个老人的火车站

一个故事
一次深情地浇灌
聆听细节的喘息
琢磨金钱的黯然

那个异国北方的穷乡僻壤
真实了几十年的写照
就为一对挚诚挚爱的老伴
能在冷清的月台上
迎送远方的稀客

只要笑声还在回荡
只要期盼还在伸延
只要阳光还在照耀
只要心灵还在萌鲜
欢快的车轮就会神驰老人身边

一个故事

精耕着宽广的心田
在还未累了困了想歇脚的时候
攥紧单程车票逐情而去
就算前方也许已无人会面

一

店　钟

小店　微店

最美这张笑脸

悬挂的故事

曲解的缄默

一切问号之间

升腾着火焰

一声声轻细地吆喝

高亢而震撼

时空折磨

情景切换

颤动的指针

把命运玩转

负重的脚步追赶舒心的邀约

艰辛的期待温暖路人的挂念

老店　靓店

就依存这张笑脸

夹缝中的书店

繁华嘈杂的闹市旺铺

座座疯城的斗蓬

夜晚，被撕拽得支离破碎

物欲，让金钱更蛮横嘚瑟

我窒息般地龟行

目光如豆

一缕雅静的灯光

牵引我的脚步

躲进五尺八斗的天地

淡然的书香弥漫心头

那种专精的仰赖

多么舒坦的享受

大街上夹缝中的书店

从古旧里透出新的样貌

屹立不摇，风云再现

不惧当今与过去情境的冲突

还是那异国异人的笑靥

总萦绕着中华文化的元素

第四辑　随心叹

风吹两边，一路山南，一路山北

云漫两处，一波城西，一波城东

一

每每在一支歌中行走

邂逅于一支歌

就一心将苍凉和忧伤

镶嵌进滚滚的车轮

镀亮了饥渴的目光

不可能延误那丝追寻

让我的方向盘

一遍遍修正那种知觉与回味

旅行中交织碰撞出的《旅行》

宿醉的梦呓

沉浸的惬意

任一片片风景

擦拭着心镜

细嚼慢咽着你

深深的怀念

真挚的祝福

心一直贴心坚毅地行走

我已拥有的

不能随意浮离

一

到故宫

应有一双悬空的眼睛
猜量着团团杂异的人流
穿越厚重黄红的禁城
试图在中轴线上
让它死而复活

难道还有解不尽的绯闻秘史
一把龙椅玷污的梦遗太久太多
仍在一遍遍发掘的春宫后院
那是些不肯撒手的鬼魂和血统

这群殿宇被紧紧地箍着
这片天地也被死死地笼罩
史书，终究乏了

一

珍妃井

别说，是你自个发誓赌咒
让一口冰冷的月亮将你吞噬
别再蒙人，那些码字垒戏扯闲篇的庸众
至今，还有一伙为慈禧太后翻供的爪牙帮凶

我只想在一个风高月黑的寅夜
伏于那堵残垣
刺透那扇幽窗
再探究你哭喊和挣扎着什么

从而看懂一段经典中的王朝
怎么会像你一样
翻入这死寂的井口之中

景山闲扯

踩上干瘪的土坡

突然来了些胡思

还是那棵歪脖子树吗？

叼着一个惨兮兮的掌故

闭上双眼仿佛看清了

耶稣在最后的晚餐上的表情

叶卡捷琳娜二世被处决时的泪涕

古今中外天朝崩塌

以自缢的方式这是第一

有点意外有点戏谑

几百年就如此轻飘翻去

莫问惨烈，别道永垂

流年沧桑，云烟浅眸

雾霾里不见巍峨的宫殿

三三两两，随随便便

还是那棵歪脖子树下

草民玩起娇哆的游戏

天坛随笔

祈年殿的宫廷盛典

不再皇恩浩荡

回音壁的回音

都是些驴喊马叫

古柏林间虽还有蹿跃的灰喜鹊

灰喜鹊翅下也有点缀的花草

花草仍默数着游人的足迹

但，过去的真的已过去

遗风不在，气息尽绝

据说，现在这里是京城最悠闲之地

也是悠闲人最忙碌的地方

一拨一拨的舞人、牌人

一堆一堆的外国人、自家人

最敬业最专注最风流的忙人

当数为子女执著相亲的大叔大妈

天坛，我错了吗?

在大觉禅寺（组诗三首）

（一）

缠，缠着，纠葛地缠绕

若能菩提之欢，那该多好

相拥相吻相连

可是眼前

乱麻般地滥缠，木讷的苦恼

勒紧的是割裂和强暴，直至窒息

难道生存与灭亡必须打上死结

合上双目，默默念叨

身心飘进无度量的佛殿

（二）

白塔，佛塔，居高临下

瞭望着千年的山河变迁，王朝更迭

细数着百世的芸芸众生，信徒香客

今天，不为舍利子和经卷，也不为瞻仰

只想请你解我一个疑惑

一枚枚钱币如何破了戒律

嵌入了你的佛身佛面佛口佛心

南无阿弥陀佛

南无阿弥陀佛……

（三）

深秋的禅房愈发幽静

花木中的经幡轻拂禅意

山寺潜卧在林莽叠嶂之间

一坛坛封红沸扬的老酒

居然在这净地招摇

可是隔空犒赏南边御钦的猛僧

我不知道

真是费解，去问庙猫

那深深的无缘善道

一

名刹之弦

是谁还死死地把持着山门
钟鼓悠鸣哪朝哪代的节律
是谁掀起经幡凝固的一角
听木鱼笃笃，梵音袅袅
混和三界之诵渗入岁月纵深

浸淫香炉的去而复来的心泪
千转百回寻觅一缕缕缥缈之魂
殿宇轩亭，飞檐翘角是否归顺一片佛心
帝王的翰墨雅韵，封册浓荫
天朝的莲池剑影，斜月塔碑

诱惑的林莽苍郁，心恸的泉潭凌冽
汇聚于悲坛沉吟和层峦叠翠
总有几尊熟谙又生分的菩萨
把天下江山指点得隐隐约约，扑朔迷离
一丝罪过，一炷残烛，一层浮屠

无奈之人度无奈之阶

旮旯处一株古藤将佛光日月钩钓

你意欲冥蛇一样冰凉

还是愿像禅佛这般慈怜

不言浊世泛滥的凡经众道教义

美人鱼

逃窜的美人鱼

在月晕之下

在气泡结冰之前

在海水缓缓干涸之时

在我的梦幻上面

你，一舞如仙

把一座礁石搂抱成了金字塔

那么多经久的目光

凝聚为真正的波澜

你，在多彩的琉璃里面

在痛苦与欢乐的边缘

在一连串的破碎

和地幔的涌动之间

一

霜　花

霜花

在投靠温度

落息于枯叶草丛

和一片赭色交谈

又躲进一处地窝

留下天语

莫言等候

豢养的狗

泄下了侮辱

霜花自慰

没有怨仇

一朵一个世界

抱团取暖

一

深 井

再打一口不哭的井
不敢哭，不会哭的
那种傻傻的呆呆的井
就在我身上
五百米，七千米，一万米
都不算什么
钻，再深钻一些
卡阻，甚至坍塌
也要钻到通透

三香（组诗三首）

（一）

任凭那

风吹萧萧

雨打灵灵

雪压重重

我，依然守护着

自由的呼吸

岩崖上道法天趣

山墙旁韵味飘逸

我，将沉浸的常绿意境

深深地晃进你的生命

见天沐香

融融悟会

（二）

芝兰之气

齿颊留香

我，一路芬芳

走下高高的山坡

披着湖畔的晨曦

让亲聚更加怡然

一杯醇厚

一口浓酽

一心清冽

胜过多少吟诵

优雅之间

灵犀点通

（三）

飞露点睛

彩光化神

春风添丽

我，缤纷的姿色

繁衍了你的诗句

别只为我的浓艳而醉

娇惯了一抹浅知

看那素淡的景致

茉莉、白兰或栀子

纯朴如雪

润梦透心

一

那时分

大朵大朵的云团
急促地卷涌
像草原上被颠覆的
一万匹烈马从狼爪中
挣脱　狂奔
山脊欲崩溃
长河掀巨澜
陡生的惊叹撞击着这片故土上
形形色色的愤懑和焦灼

时真时假的目光
在血痂与泪痕中游弋
雨夜的嘶喊或哀鸣
又导读出多少从未停顿过的寻求
是该重新排序用心清收
不然　这座醉迷中的重镇
定会在一夜间沦为废都

来吧！九月早已不再那么含蓄

这条路上　也是秋菊浓艳

可以喘息　可以祝福

可以默念　可以放歌

可以倾诉大海的全部情愫

只要还有鸟儿自由地赞美

人们就不会莫名地垂下头颅

石头·剪刀·布

打小就喜欢这种交错
不用教诲，不容分说
流传了多少年代
风靡了几许国度
喜欢它的浅白和快感
喜欢它的敏慧与洒脱

挥起坚硬的石头
多像那奋力的榔头
漫长的岁月就这样被锻打铸就
亮出铮铮的剪刀
恰似那命运的利器
繁缛的人生就如此被裁剪缝补
撒开柔柔的大布
就是那头顶的苍天
瞬间，能将山川万物自然包容

都乐于这种反复的周旋

乐于它的谋略同角逐

乐于它的简则和爽脆

乐于它的定力与抉择

嗨，再来一回

石头 Or 剪刀 Or 布

一

收　获

缆车在山空飘逸
有了展翅的傲气
猝然僵持在半山腰
又尝上折翼的惊悸
想起有天出门赶早
被路牙啃了个趔趄
也算一次精彩
只惜没把握俯瞰的机遇
缆车又徐徐飞行
景色却次第坠落
呵呵，额外拾来的情理
聚味，释然，逗趣

跳绳，令我惊讶

抡圆了绳子

调整好呼吸

瞅准了时机

这一上一下地蹦跶起来

就掌握了跳绳的规律

可我又回头一想

似乎还欠缺些什么

这个玩了许多年的游戏或运动

一茬一茬地乐此不疲

那些被绳抽脸

被绳绊脚

被绳勒脖的窘态

大概已从笑声中抹去

一个人的单跳

一圈人的群跳

是否还在印证

即使腾得再快再高

终归还会激情落地

好久没有这样嗨过了
忍不住也挤进院子里的小广场
与大小朋友们一起哄闹
一次，两次，数不清地蹦跶
让我诧异，令我惊讶
真有种振翅高飞的志趣

—

我还在没理由地漂流

风吹两边

一路山南

一路山北

云漫两处

一波城西

一波城东

我还在没理由地漂流

一眼甦醒

一眼蜷缩

或许，那就是

一种稳妥的着落

在殷殷的爱意之怀

在一江一河的左右

在细腻与粗犷的节拍之中

滋养，感受

问一声，冬日的雨

从残绿的树隙中
在夜幕的破绽里
我拉着匆匆的身影
静静的楼宇
飘过湖面的鸥群
问一声，冬日的雨
你是否洁净，安宁

无风无雪的数九寒天
你也一定惆怅，疲惫
不像秋日的爽朗
不是夏日的热烈
更没有春日的细腻
问一声，冬日的雨
你是否忧闷，竭力

清理不出你的心声
可毕竟在你的新年里

第一声问候，第一首舞曲
我不会看窗玻璃后的模糊风景
将脸凑近你，把手伸进你
问一声，冬日的雨
你是否重情，守义

一

我有一处常青的山坡

一番番命运的角力之后
竟然还有无情的剥夺
谁删除了我 D 盘的记忆

融进晴空的色彩
成为孩子们随性的涂鸦
唯有童心才能企及

本应是百合与柳枝也一眼一泪
可是山那边却飘来了声声淫意
我不知道所有人的终级之处
还深深地藏匿着什么罪孽

上师戒示：闻思，精进，续佛慧命
那我是否正在自度，随缘僧的参悟
看破点什么，舍得了多少
积几分福报，守一方净土
为来生自在永存的菩提

我还是俯就于一介凡夫俗子的衣钵

没去寻找两片完全相同的树叶

无法饰成高枝劲挺下烂漫的脸庞

但是，我有一处常青的山坡

只为那些湮灭不荒仍奔走不息的生灵栖息

一

雪中的过客

南下的元冬
迁徙的候鸟
重叠在天空
发出共震的啸鸣
二零一五年的第一场雪
飘过燕山长城
古老的都城一片尖叫

雪中的过客
微笑的逗号
小憩在官厅
天鹅湖的盛典又掀高潮
那惊艳的幕幕不能定格
飞越中原黄河
一起在鄱阳湖叫早

雪地思考者

端坐在凛冽的风口
沉思在漫卷的雪中
他默默地燃烧
锻打着千万枝
思想的箭镞
他一脸宁静
把所有的原真
挺上了坚实的肩头
他攥紧铁拳
愤怒而凝力
砸开炼狱之缝
他热泪滚落
炯炯的不屈眼神
穿透长风迷雾
顶着一身白色恐怖
世纪火山行将喷涌

一

一株不应死去的海棠

剥夺了最后的挣扎
在草长莺飞的日子
在柳青花俏的时节
不见一片翠叶相送
也无半朵嫩蕊挽歌
在年年落英缤纷之地
在回回万物复苏之间
一株不应死去的海棠
你为何偏偏要赶上
这踏青祭扫的今天
任人挖掘着你的根基
掰碎了你的肢体
把你枯瘦的遗容
抛撒进一个
伤感而深情的痛点
你那五色之香的神仙之旅
你那千娇百媚的贵妃之梦
难道只能再由

宝姐姐与林妹妹来争咏相斗

还要感恩那位知你的隐者

静默又平和地道出

你真正死于你自己的气质

当然也痛断了痴人的奢求

而你腾空的那块地方

明日，还会有罪戾匿伏

一

一株小草的谨善之言

爬在墙头不停倒腾的凡草
揣着摇摆的心事
耍弄何等的高招
这成了你错位的选择
落下诟病，被一句俗语戳倒

也就是一种蹩脚的矫情与附庸
岁月的季风早已吹翻了犄角旮旯
我就在你漂浮的幻觉中
验证了你流产的春梦
我以我们整个家族的名誉
正洗刷着被你玷污的劣迹

我在晨暮中备足了一串串籽粒
导演着鸟儿们自然灵动的舞蹈
明天，就有一场向往自由的飞翔
在广袤无垠的天地间播撒骄傲

细雨般淅淅沥沥的情丝
点燃了那片原野的宽阔壮美
风烟燎熏中生生不息的命运
又让我多少无名的伙伴倍感尊严
有谁还情愿趴在墙头备受煎熬
或是在依附的乞怜中自我毁灭

一棵法桐

脱光了衣衫

露出一身精瘦

呆晒着

雾霾中的碎阳

我默喊了几声

真不愿再多看一眼

你这副

邋遢的模样

春

已在拍打

你满身的浑浊

你的根须之下

一只蛰虫也在整装洗漱

你的脚边

一片草坪开始翻新旧颜

你的身旁

一株玉兰探出了茸茸的手

都为了这个新季的风度

可你

似乎心不在焉

仍钩吊着

几片残叶的哭丧

遮挡你目光的枯萎

还晃荡着

几只悬铃的痛楚

掩饰你情感的失误

今天

我可以离走

离走你的漠然和顽固

明天

在风雨雷电交欢之时

我还会再来

再来看你的气色

听你的心律

期盼你为我

掸净尘土

一

知 秋

仓皇的北风呼啸划过

在黎明时分

悄入一片秋草丛

千年的秋，千次的惊奇

离别与挽留

天地间那丝感慨的微笑

又一回面向时轮的碾过

薄薄的透亮的都丽的秋叶

既不憋屈，也不放荡

撩动一湖秋水

悠晃漫天秋云

致意洒脱的秋雁

弹唱清寂的秋空

携爱之书，岸椅上思慕

将深秋的滋味就着

倘若还有的一番收获

攀缘那位长者的目光

一支拐杖长箫吹向远方

像块乌金般的无烟煤

在秋阳隆重的节拍里

淡然又深沉地燃着

一

送　秋

霏雨送秋，云雾
是过去与期待轻淡的描述
林野送秋，落叶
验证了婚礼之后还有葬礼在等候
暮色送秋，祈祷
是厕列人间或升腾天堂的选择

深宫里那棵魁槐为一株紫藤而不甘孤寂
大杂院飞出的鸽子尾随雁阵咀嚼秋空
我在梦中，掐指时序
恰好乘一抹晨光送走渐灭的星斗

我不再冒袭一个陈词
为这世上的悠悠哀叹和琥珀血色
把记忆的筹码，投进虔肃的大地
一笔勾销凉秋里夹杂的诱惑与罪过

思念喜鹊

这么短暂的离别
就平生出自然的思念
在那座北方之城
你是最敏慧的精灵
在南方，念叨你
喳喳的欢歌
翘动的尾语
还有那一圈圈的伦巴
你是否已捧起我新年的诚邀
一家双行，或组团成队
穿雾破霾，播撒喜悦
来唱醒一个没有冰雪的冬日
我一直不停地刷着镜子般的屏幕
期盼你以往的春情

一

那只黑鸦

凋零的树梢
伫立着一只孤寂的黑鸦
黄喙敲响一片烂尾楼
无数双黑洞洞的眼睛
无尽张干瘪瘪的嘴巴
这是新年，一座闹市的残破
无法遮挡的痛楚
不能揭去的伤疤
那只黑鸦，心情沉重
很久很久没有腾挪
它本想借助爆竹烟花
享受些喜庆和欢乐
可是，在很不适宜之时
与我疑虑的眼神频频交叉

蚂蚁·苍蝇·小雀

溜弯，看见一只折了腿的蚂蚁
捧起她带回家去
与那只断了翅的爱闹腾的苍蝇
悠闲做伴
一同向窗外编织风景
还有一只心沉的小雀
那夜风雨交加之时
选择了我的快乐
此刻，残瞎的圆眼泪珠漱漱
淋透了因幸福而伤感的心窝
一天后，蚂蚁寂静地消失了
几天后，苍蝇也悄然地隐身了
一定是玩遍了想玩的角落
只把些零碎的欢乐留给
我那溢香的茶杯
阳光又摇摆起深广的飘窗
小瞎雀与我
细密地梳理着这段偶遇

一

碎　念

在停摆的路灯之下
在摇曳艳光的街角站口
热切地期盼
一个驼点背的
露些乞讨相的
但黑眼珠放着光亮的歌男
那跳跃的分分秒秒
那伫候的寸寸毫毫
都是为你的点滴倾诉
深久地祈祷
你曾大方地对我说
很早离家可又有很多的家
爹娘还熬在大山里的老家
拼命蹚过了整条海岸线
只为追寻一个总懂你爱你歌的她
我也曾干净地伴着你
一起怀抱流浪的残狗瘦猫
一同搀扶拾荒的大爷大妈

一块窝进被人丢弃而美死我俩的沙发

最难忘的一次奢华

红星二锅头加炸酱面

哼几首原创的歌谣生日里醉倒

自那次惊恐的雪夜之后

我俩已有百十日没拍肩击掌

就为那倾情的相互砥砺

我依旧会蹭着都市的疮疤

幻化这一地碎念

撒向你必行的路上

和我俩曾撞怀的楼梢

你呢？你呢？

是否已拥着她

唱红整湾浪花

夜　读

有一种想象的意图
拟造出许多浮美的话术
让你晕眠在璀璨的星空下
沐浴迷幻的风
啃噬酸涩的果
仿佛这悠然的一切
只是你独情享受
其实，你很孤独
只要轻飘的一页
就可翻去千万的沉重
就能抖落藏匿的邪恶
就会欣然超度
不用把生命那么看重
只因眼光扫描了空处
在滚烫不尽的思考长河畔
无需叹息与哭泣
你有否敬畏浸血的故事
挣脱了紧紧裹身的束缚

夜 林

挤满了青铜古韵

听任流光飞影的舞动

一场山雨欣然造访

那首民谣，悄然荡起，传承着什么

风穿孤岭，月也陈设

恰似盘点芜杂的得失

纵深处，触痒一湾湖水

衍射的月华更加迷离和惬意

是谁在我耳畔叮咛

又招呼那些隐隐绰绰的身影

野草柔情，甭去践踏

花萼泪沉，不能莽撞

宿鸟梦甜，别再惊扰

那夜林汩汩的爱恋，切勿绷扯

一

夜　行

撕碎一片片黑幕

只为闯荡的心

和漂泊的思索

一切都可能被淹没

是一个世纪，十个光年？

我始终用猎狗的嗅觉

冲撞长夜的枷锁

听见一种狰狞之声

在沉默的人海中盘旋

为什么没有晴空霹雳

天地黯然失色

那我就化成一束闪燃的星光

隐亮曲折的历程

不夹杂任何诅咒

那个旷世滑稽的舞台

只有魔鬼黑色的蹦跳

自由高贵的灵魂不会附和

我在莽莽的荒原上夜行
以猫头鹰那悲怆的呐喊
冷酷中识辨和结交同伙

黑 豹

神赋予你力量

心，被你穿透

还有古城的脏腑

深宵如白昼

眼光比闪电

锋利，经久

你是让对手惊魂的猎手

为什么，至今

你都没狂嗥上一声

只是在迎凶战险的空隙

给我一个油亮的回眸

还期待

与你再一次鼎力出击

撕开生死的黑幕

黑夜的切割

当你不理解夕阳已陷进暮山之后
当黑夜开始以黑色的利刃肆意切割
你是否也会用黑色的眼睛抵御侵略

没有城市和乡野，沙漠与绿洲的分野
没有情侣和世仇，灯火与星光的对决
只有欲望的种类，人性的差错在泛滥沉没

此时，树梢闪射幽蓝之光的猫眼
看清了所有在晦暗中的蠕动
亲吻，斗殴，挥舞，抽搐……

运用多种方式和象征意义的黑夜的切割
只会为上帝的酒杯里添加痛苦的泡沫
我泪奔不止，权且为弥漫的嘲讽

雾霾中看着和听着鲍勃·迪伦

题记: 刚刚惊悉他荣获 2016 年诺贝尔文学奖, 今天又突然看到他宣布将拒绝接受此奖的信息, 整个世界又被他震蒙了!

在雾霾中我看着和听着鲍勃·迪伦

这是在中国, 在中国的都城浓重压抑的雾霾中

我知道, 我这里的东西, 你那里没有

不能怪我怨我, 我已被习惯于在这种迷惑里张罗

刚为你的才华, 你的风度, 你的荣耀欣悦

他们把欧洲, 也是整个地球的一顶桂冠

赠予你骄傲的高昂的头颅

多少双眼睛, 多少只耳朵一刹那都朝向你

你似乎可以风光无限地坐在诗歌的王座上

向各个角落里的仰民挥动金黄灿烂之手

醉了, 那些喋喋不休梦寐以求的走卒

红着眼, 流着涎, 做着梦, 醉着酒

可你, 面对墙上的欧美地图整整坐了一宿

郑重地宣布"我们美国人的音乐, 不需要欧洲人指手画脚"

好一个，鲍勃·迪伦！你拒绝，你藐视

你还准备发起一场抵制，并领衔演唱

《Who Fucking Knows（答案谁他妈知道）》

用你那自由的特立独行的美式秉性和风骨

再一次将那些哄抬伪笑假意横扫驱逐

鲍勃·迪伦，你这个已七十五岁的老头，还能如此折腾

我在纠缠不息的雾霾中仿佛更明晰地

看清了你岁月棱起的峻峭面庞

听懂了你钻透贯通的摇滚之乐

世界再一次被你震荡和狠狠地抽动

你到老都像一块滚石，答案也在风中

一

春 归

默读那块苍老的石碑
踱步迂回的古巷
一屏青砖黛瓦粉墙
拦截了悠闲的张望
清粼平缓的河水
收拢了江南的景象
春风松弛地掠过
将嫩芽般的感触
吹拂在久远的桥上
岁月打磨而隐去的故事
又在市声的喧哗里流淌
唯有一根记忆的青藤
枝枝蔓蔓地牵延到眼旁
谁家的水仙探出窗口
赠送春归几许清香

一

等到了时候

是否只有在叶黄的时候
才会回头念想
已失去了什么
好像珍惜两字
不再那么轻飘
风在低吟
雨在絮叨

是否只有在叶落的时候
拥抱起收获
清晨越发香甜
盼望有了着落
自然色的金黄灿烂
渲染山川
润美歌喉

是否只有在叶红的时候
拉着的手才更有热度

话语都那么沉甸
眼神也格外丰富
等到了这个时候
捶几下老友的肩膀
学几招狗儿的花步

—

动静时刻

云马，边远
顺指尖腾冲
偌大一片幽蓝
充实又虚无
天堂，涂抹的画布

云马，翱翔
向极限疾驰
大漠，江流，原野，星宿
一瞬间消失
逾越宇宙速度

云马，扬鬃
朝九天席卷
领衔着幻象大军
天际线，海岸线，地平线
汹涌而静卧

一

风，穿透一座残殿

像淤塞了千年的河床
那种生存，那种叹息
沤烂在神的脚下
山庙里的香火已经散尽
苦崖下的祈求早就冷却
穷乡僻壤一段感慨的故事
终于趁着汛期流向山外
风，穿透一座残殿
也许是多少个世纪的
最后一次宣战
浮光中的浮尘还在挣扎
破网上的蜘蛛暗里窥探
灵动的风，自由的风
倔犟的风，猛烈的风
让崩塌与幻灭的那地
一夜，有了自主的播种

一

故　地

空谷，幽兰
斯人可有一份意愿
珍藏于此山此涧
正是旺盛的季节
已开始，飘零枯枝败叶
荷塘在不远处念道
残存的一串脚印，交错深浅
每个故事都在起承转合
你看，流星雨刷过屏的天空
湛蓝中嵌着留白

谁说你，不会赴约再来
扉页上粘稠的目光
从来就不曾游移滑落
我记得，那次你
笑得那么热火
说得那么敞怀
可别离时，却那么冷硬决绝

故地，重现

你清晰的容颜

山雨林莽，依然真挚，有增无减

我静候巨岩的直白

也等待一只苍鹰的俯瞰

留下一层石阶的高度

保持一座墓碑的距离

将你祭奠成一枚书签

夹在纠结的十字路口

翻篇，就有解析世故的

新鲜方案

一

轨　迹

它，在鸟儿苍茫的拖曳间
它，在春芽悔恨的脱落里

你，此时偶遇，它空灵着
我，彼刻忘却，它丢失了轨迹

到半冰半水的河畔，打出今春的第一串水漂
沉浮挣扎的颤跃，终结了昨夜的梦呓

去荒野，山的南坡，还有北岭
量数行者的足印，百花有无赶来相聚

翻松后又板结的土地，再也翻不动那个经典
可在川流不息的人群中，又感触到了久违的胴体

一万遍地呼唤那巨石般的执念
以过去的，现在的，未来的眼力

向日葵

深秋律动的季节
淹没在郊外的向日葵海洋里

千万盘旋转的太阳闪烁着熊熊的火焰
如同走进百多年前明媚灿烂的法兰西

我沉醉于梵高的粗厚单纯和智慧灵气
我迷恋在毕加索的狂野奔放与强烈率性

那一股股原始的冲动汹涌而来
那一阵阵喷发的生命破壳冲顶

我看见梵高的饱满残缺和深沉凋零
我感悟毕加索的立体变形与悲怆孤寂

深秋热情的季节
酣畅在郊外向日葵的金色中

一

记 忆

在遗忘的曲线上快速滑落
我仓皇失措
但我又喜欢这种迷糊
其实更多的时候
是干净，简洁，洒脱
并非我脑海中的海马区
那块海绵情商泛滥，贪婪过度
而是自然抑或故意
将一种美深藏不露
甜甜的记忆
常需苦苦地咀嚼
光耀的景物
以黑暗衬托更加真实
碎片与裂痕不必拾掇
就像对和错总是一块组合
感激生命中所有的踉踉跄跄
使我能在自选的堤岸独立行走
仅此，留存一份记忆任其漂流
抬头远望，胳膊抡圆，两腿绷直

一

空之火

聆听空之寂静

寻入空之背景

飘逸而宏远的轮廓

萌生憧憬，也让战栗的死讯

面对你

诱降你

谛视你

或许是荡然无存

甚至留不下星点灰迹

一万次喜欢不喜欢的危言耸听

用诅咒下药

以恐吓造势

靠威逼设局

日复一日，炼狱的圣餐

有人烹饪，有人乞怜

一塘空之火焰

图腾过所有的神经

但只能镀亮深邃的眼睛

庆典与祭奠交替举行

空之舞

空之神

空之韵

谱写了一支行进曲

脚步不再空泛乏力

宝蓝的空之畅扬

血红的空之灵域

谁在多元的命途上解题

一

火 舌

火舌在天地间行走

反复着黄昏至黎明的渴求

闪耀一簇簇无尽的思索

攀缘着普罗米修斯苦难的历程

心灵一样地不惧惩罚，不求饶恕，不肯屈服

众神之王只能自己去啃啮黑暗的恶果

追思远古东方的眺望与寻觅

大鸟坚喙啄醒燧人氏的灵光

从此，终结了寒冷恐惧，茹毛饮血的无奈和苦衷

那神圣的劲舞，蕴含着巨大的能量

燎原了太阳的热烈倾注

映亮无数天体，穿透漫漫宇宙

哦，火舌，不倦的信念

舔舐过的万物风情，山川河流

何处不熠熠生辉，溢满光泽

纵身生命之海那束永恒跃动的火舌

破解阴霾之夜，昭示上帝的梦魇

不因悲怆的世界而坚毅执著

一

火 马

脱缰的火马
顶着利剑和流弹
奔冲
骤然间
烈焰爆燃天空
如果
同焚于
人间的炼狱

一

秋虫啾唧

在渐渐稀疏的林叶和宿鸟的翅膀下
躺着还是那一大片熟悉的草地
无数草尖顶着晨露，透出嫩黄的倦意

远古的悲凉或是慌恐从北方潜来
只剩下勇敢而热情的鸣虫们
把一曲秋歌仍唱得那么欢天喜地

每一处空间都沉浮在细柔悦耳的啾唧声中
像聆听千百个号手吹奏着命运的进行曲
鸣虫们，不愿轻易地放弃与收敛一世倾吐的快意

一只鸣虫如角斗士一般，不知从哪儿赶来
跳跃着铿锵的阳光舞步
领着我，扑向前方未知风险的开阔地

浅　青

袭袭冷雨

浇淋心头

迢遥之路

亦明亦糊

不是没在张望

浑然的天际

风从拐角处来

穿透重雾

走着

这酷寒与和缓的交替

不要停顿追寻的脚步

何必梦窥环顾

言却窘

那半树红梅已闹枝头

拨一根心弦

葱翠燃情

蘸满湖春水

知晓定数

天地旋转

又一场生死轮回

铭记着

殉难者矜重的痛楚

慰藉心灵的温暖亮色

款款而行

自二月的浅青

不再叫人久候

且图一醉

冰天雪地，虎隐狼蔽
浓密的山林影影绰绰
巡山木屋，探险营地
在风狂雪舞的日子神遇
原壶原瓶，向天耸起，一仰而尽
嗨，这酒，豪爽得让酒仙连连发怵

荒坡野岭，鸟绝路尽
旅人的步履亦缓亦疾
山中柴院，樵夫石凳
拎出几只灰褐的土瓮
排开一地豁口的海碗
嘿，这酒，酣畅得叫老天爷也大汗淋漓

天头，地尾，山旁，水边
梦间，话内，吼中，唱里
来吧，再见酒吧，挥手楼宇

就带上一味心情，为奔赴一次相聚

倚着，晃着，趴着，倒着，吐着

那十八般武艺轮番上演，且图一醉

清　空

脆弱的记忆

飘过蓝色的虚空

没有瞳仁的双眼

告诉我

有无收获

沉重的脚步

不会留下印迹

只是一种感叹

把世界

轰然颠覆

像哥白尼的质疑和无畏

如牛顿那只坠落的苹果

节点一去不返

闪燃的灵魂

焚烧一切蛊惑

不管禅悟如何

无论忏悔什么

或是麻木已久

清醒地再疯狂一次吧

抖落世尘的沉疴

浪花中钻个通透

继续荒茫的探索

清空心霾

又上旅途

一

生命的两端

欣赏着蹒跚的步履

这一端

是童话王国

是天使飞翔

又是满心的希望

一日一日地呵护

既漫长

又短促

恍惚之间

已奔在路上

搀扶着蹒跚的步履

那一端

是晚秋落霞

是风凄雨潇

也是蓬勃的阳光

一步一步地挪去

且珍惜

也舍得
遗忘之际
仍稚嫩荡漾

在中途的桥上
顾盼着两端美妙的时光
倏忽捡起几个感知
三岁看大，七岁看老
返老还童，枯枝新芽
正是这种
自然而然的穿梭
无须超度的轮回
生命的两端
又远又近，同质同香

■

城市的声音

放眼狰狞

迷蒙的背景

金属与贪婪的拧绞

已深深地嵌入

座座城

颠覆的骨髓

无所不往的穿透

扭曲了时空的排列组合

冷血

撕咬

呻吟

突兀

空泛

偌大的心灵黑洞

遥远的峰巅

撩起一把

自由奔走的劲风

一曲天籁之音

旷野的情愫

原光的金色符号

本色的宣泄呼唤

直上苍穹

坦诚

纯净

饱满

灵动

鲜活

生命的意义无阻

城市的声音

切割着

神圣的精神

粘贴上

华丽的伤痛

祈祷着

一万声雷霆

一万次狂飙

涤荡每个角落

让向往的梦程

和传承的故事里

有《蓝色的多瑙河》的流淌

有《云雀》和《沉思》的鸣奏

有《黄河》与《牧童短笛》的倾诉

一

凝　想

隐约唤来季节的冲撞
深秋，北方，已渐入浓香
眺山，山悄然地亦红亦黄
试水，水斑斓着清晨夕阳
鸟儿的翅膀扇下了凉露
远天又添几分粗犷的模样

我听到一声声天赖的建言
相信阳光还能把一切操控
尽管夜已被拉得深沉宽广
天道枯荣还在浪漫中徜徉
等待，一种期望，一种试炼
更新不会停泊，心船业已起航

明天，又有那洞开的壮美
逐梦的旅程惊天撼地
沙龙的夸言总让人心生疑忌

野吟

我将爱从混杂的情感中抽离
草莽的活力，朴拙的生命在延续
更亲近热土，更完整凝想

随感三行诗（组诗九首）

孩　子

小童举起一只硬塑地球
面向人海竭力地三声高呼
我们是地球的孩子

钟　摆

无人指责你这么宿命地左右摇摆
因为所有的人生都曾被你复制与影印
你摆来摆去，每次都有不同的寓意和兑现

追　尾

清早的马路续演着昨夜的劲舞飙歌
似乎集聚了这座疯城全部的亢奋欲火
倾刻间一连串别样的亲吻刹住冲动

战　俘

热血豪情杀向疆场，不幸沦为战俘

冷漠，孤独，恐惧，绝望，痛楚
惊醒，一把玩具手枪正对准额头

猎　枪

灰头土脸的猎枪暗憋门后
枪口仍斜睨着山林天空
怎说血腥的噩梦早已结束

石　桌

肯定是院角里旧念最沉的家什
如今与肌肤相亲的人渐行渐远
和祠堂中斑驳的照壁一样一脸失落

广　告

顶级平台，黄金时段，狂轰乱炸
要我们像读《圣经》一般浸渍梦中
去你的花里胡哨，还是来点本分本色

调　音

二十一弦古筝已苦苦等了很久很久
一首《渔舟唱晚》也是几起几落
终又听到夕阳在大海的音阶上校正的音符

路　灯

小巷深处拐角口唯一的那盏路灯

在昨夜的秋风秋雨中停止了闪烁

有人说，一定是伴随那位孤老的心高飞远走

一

想飞的驼鸟

我抗议梦里也不准许飞出沙漠的禁令
掠过十字架的苍鹰正盘旋在太阳的身旁

春风里虫儿都破茧成蝶拥有天空
而冷嘲热讽的利箭再一次刺穿我的胸膛

我是只大鸟啊，上帝你何以如此偏袒
残存的翅膀就这样在世间的颓废中消亡

我不能将奔跑的力量也葬送于栏圈的围挡
去享用豢养的尊荣，在堕落中迷失方向

我不惧怕黑夜的层层禁锢而剧烈地振翅
要证实作为一只鸟熊熊燃烧的意志和希望

我想飞，欲飞，定能飞腾在万山之巅
就是纵身而坠，也要撞毁地狱的一道山墙

一

这些天

这些天
我客居北方
跟着灵异的节奏
从塞外高原不时扑来
热烈粗犷的恋情
如此直率，不带羞怯
是的，扬沙卷起我另一种念头
此刻南方，那怕天泪倾泻
那正是我需要的酣畅淋漓
拂去浑身里外一把把尘土
将重重春意，在梦中撮合
我拥抱丛林，林中没有靓影
我满眼鲜花，花里何曾有我

这些天
我脱尽了冬装
任春天随意地涂抹
我衷情的色彩

却是我最悲伤的折磨

我并不刻意和奢求

会成为一首经典的春之曲

翻来复去已定调的音符

只想借温馨的阳光和皎洁的月色

再次慰藉埋葬着亲人的故土

春的步履匆匆如风，我有心滞后

因为，我过敏的机体里

来世都会存有坚冰的态度

一

致

——W.R

让这幕悲情

隐退于眼神之后

而那场盛典

定会卡锁酒杯的喉咙

颤巍巍的心思

在苍老的树干里爬行

可爱恋哟

是一块地震中粉碎的石头

有形又无形的你啊

为什么总罩着一张半阴半阳的面具

在天使和魔鬼间转换

在地狱与天堂间摆动

星火一念间爆燃

毒瘾夺走一片蔚蓝

牧羊人滋润一群恶狼

独角兽顶斜一条山脉

软绵绵的拳头

挥向秦皇的地宫

厉声哭泣吧

就认定七月天的滚滚寒流

有心亦无心的你啊

为什么总以时而巨人时而侏儒的影像

在噩梦和吉梦间蛊惑

在来世与今世间反顾

与神同行

与神同行于一条魔路

引领着谁

谁在匍匐

难道不是一样的万众瞩目

那朝晖尽头

距离自由还差最后一步

她的轻盈依赖着沉重

而我不会再揭示

泪水涟涟的背后

爱，曾无数次地逗留在血海之巅

刮掉刀剑上的悲悯

收敛疆场里的朽骨

让瑰丽的颂词

在天堂中一波波地震荡吧

一件件紧裹的尸衣

在时针的转动中陈腐

谁也无法盗走生生不灭的圣火

和已经点燃的万千草木

截句（组诗五首）

（一）

雨夜，断电
人满为患的黑色里
祭出最具想象力的燧石
敲打火焰

（二）

颜值，声线
洗濯空泛的醉眼
热衷营造一种浮幻
独为凝定的生死孤单

（三）

愿被陌生所脾睨
绝不会羞赧地逃遁
从颓败中迈出颓败
修炼一处绝色彼岸

（四）

何以仗剑天涯

鸡血生活中纠缠与拧巴

接口青牛背上滑落的兴叹

进出老树的一幅幅诗画

（五）

风穿上夜色出行

云在星空依然白净

原野拖着自己的大氅

生灵裹不住破碎的梦愿

一

彼　岸

奔突在这个喧嚣的尘世

去彼岸寻找纯净的人格

献媚于显贵的把戏频频上演

在永远也撇不清的疲惫里

不知为谁为何而活

在意毫不相干的眼色

凭恃威势倾泻的谈吐

阴影下极致到浑然麻木

像一个矮化的奴才自尝困苦

战战兢兢唯唯诺诺

让蝇营狗苟繁盛与光鲜着

散淡之人进退无惧

那横无际涯的狷介或狂傲

不让伟岸的生命苟且于世俗

孤愤的灵魂不屑亵渎

一切都将坍圮于风雨之中

有相宜的心和相悦的情

不必为过眼云烟烦忧

野吟

非你·非我

（一）

叹息，摔碎了
溅落成一地的污泥
一丝丝钻心地渗透
膨胀出仙人掌的毒谋

你招摇着孑立的影子
幻想扇起蝴蝶的彩翼
可我昨日已燃为灰烬
不再是你手中放纵的玫瑰

是你啜泣着
被自己铺筑的沙漠风化
怎能怪我的风，恨我的火
况且，我真的不是一番酸雨

我咆哮后

扔掉了所有的流逝

重寻定位，修正导航

唱着，向远方，一步一步地迈去

（二）

在盛夏，却读痛了你的隆冬

躲进甜春，仍逃不出你的苦秋

你是神，是巫，是佛，是祖宗

说我这俗子心盲无明

唯有仰望你的脸色

真不知，鸟儿飞来了多少，又翔去了几只

辨不清，雨打芭蕉和细润禾苗的滋味

什么牛奶面包，什么五味佐料

我只想一剂良药，纵贯五脏六腑

搭理出，你总是频频脱轨的心思

索性，将宿命重新设计

只接受大自然之母赐予的怜悯与关照

做一粒麦种，成一棵青松

或是冬雪春草，也可夏荷秋果

从此，再有罹难，成然解脱

野吟

一

笑　意

无数次跌倒，爬起，令己不安
我知道，这不会引发匆促路人的关注
我的眼前，我的身后，我的多维时空
很多类似的迟钝，既阻隔，又直面
那就自豪地，也是浅浅地瞄上自己一眼
脸上是否挂稳了那种人尊自重的笑意
像流畅的江河，舒展的林木，自由的大地

征途从未有过徒然的平坦
满足和欢悦之后，又是一片苍白与空虚
有时虽也轻快，只是片刻宁静
终究吵吵闹闹，争争抢抢，絮絮叨叨
可怕的不是忘却了忏悔，而是丧失了自愈

让我们保持传递，飞速感染心里的真情
在黎明之前不躁，在黄昏之时勿急
在苦忆之中甭酸，在流血之后拒哭
在所有的企及和抵达之地，笑容可掬

一

另一种沉默

蔼然一瞥
你像一棵老去的大树
佝偻着
颓丧地倒向路口
风中一层层伤斑
晃荡在岁月
肥厚的泥土之手
已经把你遗漏

你成为一种沉默
不再指点江山
所有的对错
你丝毫不惧
表象的衰亡
只是以自己的血泪
揭示一段历程
暗念几行心得

我顺着

你出关的背影

盼望你优雅转身

一眼穿心

让我

潜入另一种沉默

那颗星星

那是段什么时光
我迷乱了眼睛
今夜
尽管满天
都是你的身影
这一眼
定会将你寻见
那怕你的感觉
仅仅为
似曾相识
你我的另一眼
还能否
再次相遇
唯有你的灵验
才会默许

一

偶　获

这里

是个部落

是场杂剧

是座幽城

曾捧着清明的哀戚

和弥漫的泪雨

我悲情而又忘怀地冥想

今天

秋分的第一滴凉露

从天堂的缝隙

飘落成殇

更想体会

抽噎的河流

战栗的月晕

被驱逐的枯叶

怎样在星空下中箭伤亡

猝不及防

树林开始自责抽打

倦鸟陨石般地坠落

晨雾含糊迷离

峭岩频频颤抖

一阵狂风荡过这片飞地

傲然的山菊

孤高的秋兰

在残损的夕照

和我的惊诧中

擦拭目光

一

秋　蝶

扇起第一缕阳光

披上透爽的秋风

在季候必经之路

从摇摆起伏的丛林

一只秋蝶

奋力地旋舞

欲飞湛蓝的天空

你不避讳

秋蝉冷不丁的寒噤

沉疴中倒毙的草木

只信守唯美的约定

像秋阳的情书

依然那么灿烂火热

你明知前方的命途

纵使绝别这番世态

也会在凄苦与凋零间

华丽地蜕变

鲜亮地复活

一

夕　阳

我蓦然觉得与你是多么的亲近
也就是一口酒加半支烟的工夫
我知道你如此恋恋不舍地归落
一定是收到了我恳切挽留的目光
今天是我平生以来仅有的一回
那么深切那么用心地注视你
谁说你带着日行万里的倦意
在你轻轻地触摸山脊的那一刻
我的心扉怦然于震撼的共鸣
你的一双手臂向我热诚地伸来
一道去更宽阔的天地旅行
我们站在并肩的高度
就像久违的兄弟分外欣喜
声声问候，频频打量，毫无生分